Aurória

As Crônicas não Contadas

Volume I

Jorge Alonso

Fermín Vega

Dados Internacionais de Catalogação na Publicação (CIP) (Câmara Brasileira do Livro, SP, Brasil)

Alonso, Jorge
Aurória : as crônicas não contadas: volume I / Jorge Alonso, Fermín Vega ; [tradução do autor]. -- São Paulo : Ed. do Autor, 2024.
Título original: Auroria: las crónicas no contadas ISBN 978-65-00-92457-2
1. Fantasia - Literatura infantojuvenil
.

| 24-191063 | CDD-028.5 |

Índices para catálogo sistemático:

1. F1. Ficção : Literatura juvenil   028.5

2. Fantasia : Literatura infantojuvenil   028.5

Eliane de Freitas Leite - Bibliotecária - CRB 8/8415

Apresentação

Em Aurória, El Mágico derramou todo o seu amor. Isso é o que se diz, porém, às vezes, o que se diz não é toda a verdade e há coisas das quais ninguém fala.

Nesta antologia, os autores apresentam-nos este mundo de magia e fantasia, rico e diversificado, através de seis histórias nas quais o perigo, a traição e o mal espreitam constantemente, exigindo coragem, habilidade e amizade para sobreviver.

SUMÁRIO

SOBRE OS AUTORES — 6

MAPAS — 8

ILUSTRAÇÕES — 11

PREFÁCIO — 13

O LAMENTO DE ÁRKON — 14

RUPTURA — 30

CAÇADORES HABITUAIS — 38

RITOS DE PASSAGEM — 91

O CRONISTA — 113

ESTÓRIAS JUNTO AO FOGO — 174

EPÍLOGO — 198

SOBRE OS AUTORES

Fermín Vega é um escritor, amante da ficção científica e da fantasia. Formado em Língua e Literatura Inglesas, já trabalhou como professor universitário e hoje é artista freelancer. Explora gêneros como ilustração, caricatura, design gráfico, roteiro e desenho de quadrinhos, ingressando recentemente no mundo literário. Possui diversas exposições, pessoais e coletivas, em seu país, além de prêmio nacional de quadrinhos no concurso ArteComic.

Trabalhou como ilustrador em livros de literatura fantástica para jovens como: *El Extraño Crujir de las Cosas Mal Dormidas* e *Los Mil Escarabajos*, publicados em países latino-americanos.

Entre suas principais obras estão roteiros como: *La Tumba de Rodgarth Potaje gráfico, el libro* (Editorial AHS, Cienfuegos, Cuba), *Auroria, La gran Alianza* (Editorial Reina del Mar, Cienfuegos, Cuba), *Aventuras en la Placa Madre* (Revista ZunZún, Cuba), *Los hijos del Quásar* (Ediciones Luminaria, Cuba) e *La Última Campaña* (Primer Premio Concurso Caimán a Cuadros, La Habana, Cuba).

Também tem trabalhado em quadrinhos, como: *Los Cazadores* (Mención Concurso Caimán a Cuadros, Cuba), *Sangre Joven* (Ediciones Luminaria, Cuba), *La Isla Mágica* (Premio Nacional ArteComic, Cuba) e *Good Enough* (International Christian Comic Competition Anthology, EE. UU).

Jorge Alonso é um escritor apaixonado pela literatura de ficção científica, fantasia e terror e grande amante dos clássicos. Possui formação universitária em Contabilidade e Ciência da Computação e Mestrado em Ciência da

Computação e Gestão do Conhecimento. Aventura-se no gênero fantasia com o objetivo de contar histórias divertidas, que forneçam para o leitor um escape do mundo real e que o transportem para um mundo distante da tediosa rotina.

MAPAS

AZOTH
NYÉCAN
Mar de Ethrinia
OCÉANO ONNÍRICO
Mar Brumoso
Mar Rubro
Mar Nigri
NÜUNZA
N
AURORIA
3ª Era

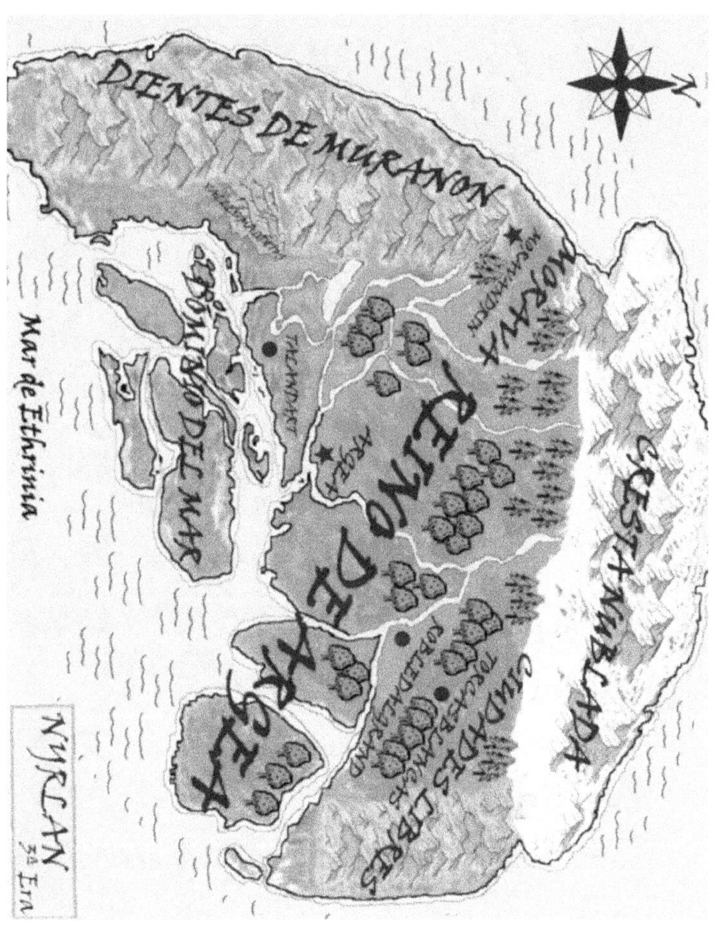
DIENTES DE MURANON
Mar de Ethrinia
DOMINIO DEL MAR
REINO DE AYSA
CRESTA NUBLADA
MORTHYA
NYRLAN
3ª Era

REINOS DE LOS ENANOS
NORTHBAR
TIERRAS SALVAJES
FERROBURG
BOSQUES DE LAS RITAS
YERMOS DEL SUDESTE
IMPERIO
CORDILLERA INFINITA
Mar Rubro
Mar Nigri
NUUNAR
NUUNACI
DESIERTO BLANCO
REINOS ÉLFICOS DEL ESTE
ISLAS DE FUEGO
UNIVERSIDAD
NUUNA 3ª Era

ILUSTRAÇÕES

De todas as raças de Aurória, nenhuma é mais misteriosa do que os míticos wendor. Antigos como os ossos do mundo, em eras passadas foram mestres da pedra, do aço e da magia. Mas, desígnios sombrios do Destino, submeteram esses guerreiros altivos ao jugo implacável dos Dragões Primordiais. E o mal os transformou em feras ferozes, capazes de atrocidades indescritíveis.

A casta superior dos wendor, a nata daquela sociedade guerreira, esses eram os ferozes wendorrin. Eles viam na arte da guerra uma fonte de orgulho e também um meio de ascensão social. Cada um deles era preparado desde a mais tenra idade para o manuseio de armas e os rigores do combate.

PREFÁCIO

Agora que os grandes sábios e estudiosos decretaram o fim da Terceira Era de Aurória, devido aos recentes acontecimentos que abalaram este mundo e eu já cheguei à idade em que minhas pernas não podem mais percorrer os caminhos dos três continentes caçando mitos e canções.

Agora que este sol da primavera ilumina um pouco os meus olhos já turvos e aquece os meus dedos nodosos pelo tempo e pelo uso da pena e do aço, aproveito para tirar o pó do tinteiro e do papel. Recorro à memória para colocar em letras as melhores histórias que colecionei durante minha vida. Lendas que têm viajado, de boca em boca, desde que El Mágico, em sua infinita sabedoria, deu forma à Aurória. Contos que foram contados desde que Azoth e Nyrlan eram uma única massa de terra, conhecida como O Continente Quebrado e não se sabia que Nuuna era um único continente. Histórias que, por razões que não me atrevo a explicar agora, tentaram ser cobertas com o manto escuro do esquecimento.

Essas histórias, caro leitor, são meu legado para esta Quarta Era que está nascendo. Com elas, os jovens poderão aprender com o passado e nós, idosos, poderemos refletir sobre as nossas ações.

Agora, caro leitor, que o Grande Menestrel Imortal guie minha pena e que a História flua da tinta.

Boa viagem!

O LAMENTO DE ÁRKON

...e morreu Árkon, exalando sua magia
nos abismos do El Mágico,
e o seu lamento foi ouvido pelos fracos.

Chovia como se os mares desabassem sobre a terra.

A chuva parecia uma torrente sobrenatural, decidida a cair de uma só vez, como se El Mágico chorasse, sem consolo, no chão de Aurória.

—Morte! —tinham decretado os dragões.

Uragorth, a Chaga.

Ílekith, a Fleuma.

Siekel, a Pinça.

—Morte! —tinham concordado seus sicários, sem arrependimento no coração, sonhando com a glória e o caos.

E morte eles tiveram.

Árkon, o enviado do El Mágico, o campeão dos deuses, o restaurador, a esperança, jazia moribundo, prostrado contra a terra nua, queimada pelas chamas, derretida pela fleuma corrosiva, quebrada por espinhos e garras. Com as duas mãos, ele tentou manter as entranhas no lugar. Sua pele, queimada e rasgada, recusava-se a se regenerar, ansiando por descanso. Todo o seu corpo sofria em silêncio as consequências do confronto. O poderoso ataque de três formas de alta magia. Árkon estava morrendo, atormentado por seu próprio corpo que ainda lutava por uma cura impossível para aqueles ferimentos extremos. Ao seu redor, havia sinais de destruição que, junto com os tornados de magia que percorreriam o local indefinidamente, narrariam a violência do combate. E coroando a vastidão da devastação, os corpos dos três dragões primordiais, expostos num espetáculo ofensivo de mandíbulas deslocadas, línguas penduradas, pescoços quebrados e vísceras espalhadas. E o sangue corria pelas fendas da terra, misturando-se com a chuva.

Com um esforço titânico, o campeão levantou-se e saiu do local, tropeçando, escorregando na lama, pressionando as feridas na barriga. Sua morte não seria em vão. El Mágico o tinha criado com um único propósito: deter a rebelião dos dragões. Embora ele tivesse conseguido isso ao custo de sua vida, não guardava ressentimentos sobre isso. Ele sabia que lutar contra qualquer um dos três dragões era uma loucura, enfrentá-los juntos, era a morte certa; mas, tudo estava bem, desde que as coisas terminassem aí. Aproximavam-se novos tempos em que ele não teria mais lugar no novo mundo, mas viveria na lenda. As lendas eram imortais.

Ainda assim, apesar de toda a sua satisfação, Árkon sentia-se sozinho.

Ele era o único no seu tipo. Isto é o que El Mágico tinha decretado e foi assim que tinha sido feito. Com habilidades até então desconhecidas por nenhuma criatura de Aurória, emulando a força dos próprios deuses e um poder avassalador, adequado para feitos incomparáveis, todo o seu ser era tão especial que sua singularidade só era comparável a sua solidão. Infelizmente, para ele, nos seus últimos momentos, essa solidão pesou mais nele do que a certeza da morte.

Ele iria morrer sozinho, mas não antes de realizar completamente sua missão.

Coberto pela sua capa com capuz, Mreder, o wendorrin, observava o terreno, do alto de um penhasco relativamente próximo. A chuva não lhe permitia ver todos os detalhes, mas as evidências próximas eram suficientes para fazer uma leitura dos fatos. Incrível. Mesmo naquela distância, era possível sentir a circulação da magia como se fosse uma fera enjaulada, tentando escapar. Ele sentiu o resto de seus mercenários wendor saindo da gruta detrás dele e, sem olhar para seus rostos, pôde adivinhar a admiração pela cena, até detectou medo em alguns.

"Eles não esperavam que algo assim acontecesse", pensou o chefe, enquanto arrumava o capuz e ajustava a capa para se proteger melhor do vento. A tempestade continuou seu caminho, recuando, desaparecendo.

—Matou todos eles? —Úgol perguntou, aproximando-se da beirada da saliência rochosa enquanto sovava as grandes presas do seu rosto com sua mão enorme.

—Você vê algum vivo? —Mreder olhou para ele, com paciência. Como guerreiro, Úgol podia ser temível, por isso tinha um lugar sob seu comando, mas seu cérebro caberia em um caracol, daqueles bem pequenininhos e ainda sobraria espaço.

—Mas, eles são os três dragões lendários! Estamos falando da maior força bruta e da magia mais avassaladora da face de Aurória!

Sorren, o mais baixo do grupo, deu um passo à frente para olhar mais de perto, agora que a chuva tinha diminuído.

—O que significa que você terá que atualizar sua pirâmide de poder—, disse ele, sarcasticamente, quiçá por ter as presas menores do que a média, sempre tentava tirar sarro dos outros.

—Mas, pelos mil olhos de Dursal, os dragões...! — insistiu Úgol.

—Úgol—, interrompeu Mreder, tentando colocar o máximo de paciência possível em sua voz. —A última coisa que preciso aqui é de um ataque de pânico massivo. Para esta missão, não posso permitir que alguém desmoralize meus wendorrin. Nem eu gostaria de me desfazer aqui de um bom guerreiro. Então, me diga, o que vai ser?

Mreder afastou a capa num gesto inconfundível, mostrando o cabo da sua arma, curta e larga, reconhecida tanto pelos seus inimigos como entre os da sua raça.

Úgol olhou para seu líder. Alto e forte, mesmo para um wendor, embora um pouco mais baixo do que ele. Os olhos de ferro, fixos. O rosto tenso e escuro, como couro de armadura. A boca fina e apertada, numa expressão constante de desdém. Sua mandíbula quadrada era protegida por presas que apontavam para frente, dividindo a carne quase na base das orelhas. Imponente seria a descrição de alguns ingênuos, mas Úgol pensou em um termo mais apropriado: perigoso.

Sem dizer uma palavra, Úgol cruzou os braços, lançou a Sorren um olhar eloquentemente sombrio, anunciando em quem descarregaria a sua frustração, caso fizesse alguma piada sobre isso e deu dois passos para trás. Mreder voltou a proteger-se, com a sua capa, do açoite do vento, mas não abandonou a linguagem ameaçadora dos seus movimentos. Incomodava-o que seus guerreiros não se sentissem à altura da tarefa, assim achou melhor permanecer paciente e conciliador.

—Escutem, —falou, —nossa missão não era, em nenhum momento, enfrentar Árkon, esse era o trabalho daquelas cobras. Só tínhamos que pegar a essência dele e entregá-la àqueles lagartos para que eles nos recompensassem com os despojos, —todos deram um pulo de surpresa pela falta de respeito do seu chefe para com os dragões. Mreder percebeu que eles ainda não tinham entendido e explodiu. —Os dragões estão mortos, entendam! Mortos! O medo e a vassalagem acabaram! Agora somos livres. Finalmente, nós governaremos! —Mreder cuspiu as palavras na frente de seus rostos.

—Bem, —Sorren interveio, com seu tom sempre astuto, —vendo como os acontecimentos se desenvolveram, podemos aproveitar, "despojar" os dragões, dar meia-volta e...

—A essência de Árkon é puro poder e nós o tomaremos para nós! —rugiu o líder. —Seremos invencíveis! Neste momento, Árkon deve estar se revirando em algum lugar, ninguém escapa ileso de uma luta como essa! Aqueles três desgraçados escamosos nos serviram isso em uma bandeja de prata! Por que contentar-nos com as migalhas desses dragões se temos um banquete só para nós?

Se havia uma linguagem que os Wendor entendiam, era a linguagem do poder. Os dragões, há muito, os forçaram a viver sob sua sombra em servidão. As novas possibilidades começavam a penetrar nos seus corações. Mreder ficou satisfeito ao ver a compreensão refletida em seus rostos.

—Vamos descer! —ordenou. —O desgraçado do Árkon deve ter deixado algum rastro e não quero que a água o apague.

Úgol se aproximou para sussurrar em seu ouvido:

—De qualquer forma, vou ficar com um osso.

Mreder fechou os olhos, suspirando e, sem dizer uma palavra, marchou na frente.

Somente magia do mais alto nível poderia afetar um dragão. Para começar, nem todos eram sensíveis aos mesmos feitiços. No caso dos dragões primordiais, era ainda mais difícil adivinhar qual magia afetava quem; pois mesmo os feitiços mais misteriosos e bizarros, muitas vezes, só conseguiam arrancar algumas escalas. Somando a isso a atenção que ele tinha que prestar a si mesmo, mantendo os feitiços de fuga, proteção, roubo de vida e reflexão de danos, faziam daquele combate um desafio sem precedentes para Árkon.

Sua longa experiência lutando contra dragões não servia de nada contra aquelas feras. Combinavam seus ataques e evoluções de forma tão sincronizada que, se não fosse algo tão mortal, seria um espetáculo digno de admiração.

Apesar de serem irmãos, nenhum deles suportava a mera existência do outro, pois sempre viram-se como uma concorrência perigosa, que não deveria ser ignorada.

Mesmo assim, decidiram aliar-se para destruir a única força que impedia o seu direito ao domínio total de Aurória.

E Árkon tinha sido digno daquela incômoda aliança.

A batalha tinha demorado mais do que o esperado, por ambos os lados. Os dragões chegaram ao local, causando uma destruição metódica e brutal, querendo acabar com tudo, com um único golpe devastador. Mas, Árkon repeliu todos os ataques.

Cada golpe recebido era devolvido com o dobro da força. O herói se posicionava de forma a evitar que os dragões usassem seus poderes ao máximo sem atingir um companheiro no fogo cruzado.

Um dos feitiços do campeão dos deuses consumia o ar sob as asas das feras, tornando difícil para elas voarem. O céu estava escurecendo, anunciando uma tempestade, que ia prejudicar muito a visão e traria o perigo dos relâmpagos, das malditas correntes de relâmpagos.

O herói tinha que ser morto antes que pudesse terminar de conjurar o feitiço da tempestade.

Era muito mais fácil pensar do que fazer. A forma e o tamanho andrógino de Árkon permitiram que ele se movesse mais rapidamente, e isso o tornava um alvo difícil. O sol estava completamente escondido e uma escuridão anormal cobria o lugar. Árkon sorriu e desapareceu quando a primeira saraivada de raios caiu, mutilando a terra e atingindo seus inimigos mortais.

Siekel caiu, pesadamente, girando em espiral.

Os outros dragões circularam, afastando-se, procurando um lugar para se esconder da próxima saraivada, mas não existia tal lugar. Foi por isso que aquele lugar tinha sido escolhido para a batalha.

Siekel caiu, pesadamente, girando em espiral.

Os outros dragões circularam, afastando-se, procurando um lugar para se esconder da próxima saraivada, mas não existia tal lugar. Foi por isso que aquele lugar tinha sido escolhido para a batalha. Árkon reapareceu. Nas mãos, carregava armas conjuradas, feitas de pura luz e começou a jogá-las contra as asas de seus oponentes. Ele precisava de tempo para concentrar sua magia, o suficiente para liberar outra onda de relâmpagos.

Os dragões, percebendo o truque, atacaram-no, decididos a definir o resultado da luta, em um tudo ou nada.

Com a sua barriga azul e branca aberta completamente por uma ferida atroz, Ílekith cuspia sua fleuma corrosiva sobre Uragorth, enquanto ele caía. Ele não se importava mais em derreter a armadura de seu companheiro de luta, ele só queria se livrar daquela criatura amaldiçoada que tentava quebrar o pescoço de seu irmão enquanto o fazia cair em uma velocidade vertiginosa. Uragorth, por sua vez, lançava chamas sobre a terra, tentando, em vão, retardar sua queda.

Árkon, sofrendo com o ácido da fleuma de Ílekith, pressionou, com mais força, contra o pescoço de Uragorth, até sentir as mandíbulas do dragão se estilhaçarem com o impacto no chão. Recompondo as próprias juntas enquanto se levantava, ele terminou de quebrar o pescoço da fera, num frenesi de dor e raiva.

Juntando todo seu poder, o herói invocou uma lança de energia e arremessou, feroz, contra a boca aberta de Ílekith, que descia dos céus, na sua direção. A arma atravessou os jatos de fleuma, o palato da fera e saiu pela parte superior do crânio do dragão, deixando um furo de bordas fumegantes onde antes ficava o sinistro cérebro da criatura.

O campeão de El Mágico lançou seu brado triunfal. Foi quando Siekel o mordeu.

Árkon gritou, saindo de seu pesadelo.

Ele suava, febrilmente, por todos os poros, enrolado em cobertores, aquecendo-se junto ao fogo de uma velha cabana. A magia dos dragões não afetava apenas o corpo, mas também a mente. A lembrança dos ferimentos era tão eficaz como se ele os tivesse recebido novamente. Tinha sido descuidado e Siekel...não era chamado de "A Pinça" à toa. A magia especial do dragão lhe permitia diminuir, várias vezes, o seu tamanho. O verme tinha decidido fingir que estava acabado e sacrificar seus aliados para terminar o trabalho sozinho. Sua mordida poderia arrancar o membro de qualquer dragão. Para Árkon, aquela mordida tinha sido letal.

—Vejo que você despertou, Mestre da magia, —falou alguém.

Árkon observou várias figuras entrarem na cabana. Lá fora, a chuva começava a cair novamente.

—Você chegou com o véu da morte nos olhos, —quem falava era um velho de idade indefinida que os outros, claramente, reverenciavam, —infelizmente, suas feridas vão além de nossas artes de curar, se é que você me entende. Não acho que possamos fazer nada que você já não tenha conseguido fazer por si mesmo.

Alguns dos acompanhantes começaram a lamentar e a soluçar. Árkon sabia que era reconhecido e isso o confortava porque, no final, ele poderia não acabar tão sozinho. Apesar da dor dos ferimentos, ele tentou falar na língua daquelas criaturas para que elas o entendessem.

—Sou eu quem vem fazer uma coisa por vocês. Não, não fiquem tristes por mim. Cumpri minha missão e agora saio, satisfeito. Normalmente, as criaturas de El Mágico me temem e fogem de mim, —Árkon observou os rostos expectantes, cheios de incerteza e respeito. Ele olhou para as feições de seus rostos cansados, seus corpos indefesos, sua completa falta de magia e sentiu no seu coração uma dor por eles. —Mas, vocês me acolheram. Agora, ajudem-me, o Mestre da magia não deve morrer na cama.

Aos poucos, com um sofrimento indescritível, o herói foi ajudado a sair da cabana. Lá fora, apesar da chuva incipiente, os moradores da aldeia estavam fora das suas casas. Os mais fortes tentaram, com esforço, manter a figura alta de Árkon em pé.

Mesmo os homens mais altos e robustos ficavam apenas na altura do peito do herói. Aquele ser superior tinha vindo morrer ao lado deles. Seu toque transmitia cenas arrepiantes de batalhas contra criaturas mágicas e sombrias, de batalhas contra dragões. Sua lenda seria contada de tribo em tribo, de geração em geração.

—Quando eu morrer, meu corpo deverá ser cremado e minhas cinzas espalhadas por todos os cantos de Aurória. —Ele suspirou, buscando fôlego para continuar, —fui feito deste mundo, para ele devo retornar. Outros virão reivindicar meus despojos, eles não devem me levar.

—Mas, não somos fortes, não podemos enfrentar a magia, simplesmente viver é difícil para nós. —Lamentou um jovem com uma cicatriz notável no rosto, com medo de insultar aquele ser em seus últimos momentos.

—Aproxima-te. —A voz do herói era suave, mas firme. Como se esquecesse de seus ferimentos, ele se livrou de todos e apoiou as mãos largas nos ombros do jovem. O rapaz pôde sentir um pouco da dor do herói, de seu sacrifício. Sentiu sua luta contra a peçonha sombria da magia do dragão envenenando seu corpo. E, entre tudo isso, o jovem também percebeu a esperança dele, o amor por eles, a sua devoção ao El Mágico. O titã dirigiu-se a ele, em tom sério:

—De agora em diante, vocês são filhos de Árkon! A justiça e a força me acompanham! A magia me reverencia, a luz de El Mágico ilumina o caminho dos meus passos! Ouça meu lamento e caminhe comigo!

E enquanto Árkon falava, uma chama desconhecida se acendeu nos corações daqueles que o ouviam, afastando toda fraqueza, todo medo, inflamando o desejo de mostrar sua coragem. Algo mudou neles, iniciando um grito que expulsou a frustração e a miséria de viverem subjugados por tanto tempo; um grito comovente que voou como um mal exorcizado, sacudindo a noite. Assim, Árkon deu seu último suspiro, selando o pacto que havia feito com os homens.

—É uma aldeia de homens, —da sua posição, Mreder observou a quietude o lugar. Parecia que todos os habitantes haviam se trancado em suas cabanas, com medo de alguma coisa.

—Uma vila de homens! Puagh! —Úgol cuspiu, com desprezo. —Criaturas miseráveis que só comem, cagam e se espalham como vermes! Por que Árkon viria se refugiar em uma aldeia de homens?

—Não para ser protegido por eles, isso é certo. Conheço insetos mais perigosos que um grupo desses infelizes, —retrucou Sorren.

Mreder desconfiava de tudo que não entendia, graças a isso, tinha sobrevivido a muitos momentos desagradáveis. Mas eles eram homens. A simples ideia causou risadas, eles nem conseguiam se organizar como guerreiros. Naquele mundo onde tudo exalava magia, uma criatura tão indefesa não poderia sobreviver. El Mágico às vezes tinha um estranho senso de humor.

—Enfim, estou cansado de andar molhado como uma ostra, —falou finalmente Mreder. —Árkon está acabado, seu poder nem é mais perceptível. Provavelmente, está se afogando em seus últimos suspiros. Brugar, Agandas, vocês na frente, procurem onde ele está escondido. Os outros devem criar o máximo de caos possível, matem tudo que se mover, não quero surpresas, morte, honra e fogo!

—Morte, honra e fogo! —bradaram os guerreiros, lançando-se como cães de ataque para cumprir a ordem.

O que se seguiu foi incomum. As cabanas estavam vazias porque todos os moradores tinham se reunido num ponto além das primeiras casas. O corpo ainda quente de Árkon repousava sobre uma pira gigantesca, na praça central da aldeia. Ao seu redor, os homens preparavam-se para cremar o corpo. Os wendor entraram correndo, mas pararam, diante do espetáculo, reconhecendo as armas rústicas e improvisadas que os homens carregavam, com olhar feroz.

—O que é essa palhaçada? —Úgol murmurou, completamente surpreso. Segundos depois, um forcado perfurou sua barriga, as afiadas pontas de madeira saíram de suas costas, acompanhadas de jatos de sangue escuro. Ele nem percebeu o lançamento, só detectou o olhar frio de um jovem com o rosto marcado por uma cicatriz. Com olhos desorbitados, o wendor agarrou o osso de dragão que levava pendurado no pescoço, como um talismã mágico que acabou se revelando inútil. Caiu, pesadamente, já sem escutar o grito de guerra dos aldeões que atacavam em massa.

A carga tirou o resto do estado de choque. Choviam golpes de todos os lados e as armas, embora rústicas, causavam ferimentos feios. Eram apenas nove contra uma multidão encorajada e raivosa que não dava trégua. A capacidade de cura não estava funcionando plenamente, algo no ambiente incapacitava os poderes de suas armas, as runas e talismãs tornaram-se inúteis. Os atacantes emanavam uma aura estranha que inibia a magia investida em seus objetos de guerra. Quando um aldeão caía, outros três ocupavam o seu lugar e prevalecia a superioridade numérica. O combate foi curto.

Apenas dois dos wendorrin conseguiram escapar, sem ferimentos mortais e arrastando o seu zurrado capitão de volta para o mato. Os homens não os perseguiram, alguém teria que contar o que aconteceu naquele local e eles esperavam que o medo apimentasse a história.

Uma nova era estava começando para o homem e todos tinham que saber disso.

Mais tarde, naquela noite, uma fumaça espessa nublou o céu sobre a aldeia e as estrelas brilharam, como se estivessem cantando uma canção fúnebre.

—Aproxima-se gente a cavalo! —gritou o vigia.

Os rostos ficaram tensos enquanto olhavam em direção ao portão da paliçada. As incursões de bandidos e desertores não eram raras nesses locais, visitantes inesperados, geralmente, não eram motivo de alegria. O chefe da aldeia, apesar do rosto cansado e idoso, ainda tinha uma visão clara. A paz deles ao descobrir que eram vizinhos foi indescritível.

—Não se preocupe, eles são homens do vale Oeste!

Os olhares preocupados relaxaram, os homens se reuniram para a recepção enquanto as mulheres começaram a se movimentar para acolher devidamente os visitantes.

—Paz a todos, irmãos! —o chefe cumprimentou, enquanto os três recém-chegados desciam das montarias. —O que os traz à nossa aldeia?

A calma que havia florescido começou novamente a dar lugar a uma preocupação repentina. Aqueles homens estavam armados. Pareciam imitar os guerreiros de outras raças. A visão era algo inédito. Muitos começaram a temer saques por parte de seus próprios pares.

Todo o trabalho ficou paralisado devido à incongruência da imagem. Homens armados. Seriam guerreiros ou, talvez, ladrões?

Os recém-chegados viram os rostos transformados pelo medo. As lágrimas estavam prestes a virem à tona.

—Não temam! —disse aquele que parecia comandar o grupo. Era um jovem com o rosto marcado por uma cicatriz. —Somos embaixadores com uma mensagem para todas as aldeias dos homens! Uma mensagem que mudará as suas vidas e lhes permitirá viver com dignidade como seres desta terra!

O recém-chegado levantou o braço direito, deixou que o vento espalhasse uma poeira fina que aparentava ser as cinzas de alguma grande fogueira. Sem dizer mais nada, o jovem se aproximou de um dos aldeões mais fortes e agarrou seus braços, olhando para ele como se estivesse se preparando para abraçá-lo.

O homem, surpreso, sentiu, seu sangue ferver dentro de si de uma forma desconhecida. Procurou apoio, olhando em todas as direções apenas para perceber que os outros "embaixadores", como se autodenominavam, estavam fazendo o mesmo com outros moradores locais. Todos, juntos, começaram a recitar:

—Somos filhos de Árkon! A Justiça e a Força estão comigo! A Magia me reverencia, a luz de El Mágico ilumina o caminho dos meus passos! Ouça meu lamento e caminhe comigo!

E enquanto falavam, um fogo desconhecido fluía por seus membros, trazendo orgulho e desejos de glória, enchendo os corações vazios dos aldeões com uma magia desafiadora.

RUPTURA

Os dois unicórnios corriam pela pradaria iluminada pela luz das duas luas de Aurória. Os cascos dos magníficos seres quase nem deixavam marcas no mar de grama rasa que cobria a planície levemente ondulada. Ao chegarem num monólito que se erguia, solitário, na esplanada as criaturas mágicas detiveram a sua marcha.

—Este é o lugar, —disse o mais antigo dos seres, balançando as suas crinas prateadas e apontando com o seu chifre espiralado para a enorme rocha, agregou, —esse é o sinal do Concílio dos Anciões.

—Tem certeza? —perguntou o outro unicórnio, o chifre liso e a pelagem, branca como a neve, mas não muito brilhante, indicavam que era muito mais jovem que o seu companheiro.

—Às vezes, você me preocupa, —respondeu o outro, sacudindo as barbas que adornavam a ponta da sua mandíbula inferior e tocou, com seu chifre, um ponto específico do monólito. Na superfície da rocha, brilhou um círculo mágico. —Você presta tão pouca atenção às lições que é incapaz de enxergar o que está na frente dos seus olhos.

O jovem unicórnio balançou a cabeça, fazendo a sua crina branca flutuar na suave brisa da noite. Estava prestes a fazer uma réplica, mas, seu companheiro o interrompeu.

Os dois unicórnios corriam pela pradaria iluminada pela luz das duas luas de Aurória. Os cascos dos magníficos seres quase nem deixavam marcas no mar de grama rasa que cobria a planície levemente ondulada.

—Vamos lá, tem trabalho a ser feito e não temos muito tempo, a lua negra já está alcançando a lua branca. Eu terminarei o sigil da pedra, você se ocupa do que deve ser feito na terra. Vou mostrar o lugar em que você deve fazê-lo.

A criatura levantou a cabeça e fez brilhar seu chifre espiralado. A luz refletiu no símbolo da rocha e desenhou um círculo brilhante no chão coberto de grama.

O jovem unicórnio respirou fundo, fez brilhar seu próprio chifre e tocou com a ponta dele o círculo de luz refletido no chão. Teve um grande clarão e um estrondo, o unicórnio mais antigo pulou para um lado. Quando a fumaça se dissipou, mostrou que um pedaço do solo da planície, bem maior do que o círculo de luz, tinha sido queimado, a tal ponto, que a vegetação tinha sido evaporada e a areia tinha se transformado em uma poça de vidro em brasa.

O unicórnio mais antigo soprou pelas narinas, para apagar as chamas que ardiam nos tufos de pêlo que cobriam seus cascos traseiros. Observou a sua pelagem chamuscada e sacudiu a cabeça. Andou até a poça fumegante e assoprou suavemente nela até o vidro se solidificar, formando uma superfície lisa e escura.

—Você tem que exagerar sempre, meu filho?

—Me desculpe, pai, —respondeu o unicórnio jovem, sacudindo a cauda, —o senhor sabe que tenho muito poder, foi por isso que os anciões me escolheram para esta tarefa.

—O poder requer controle e o controle exige disciplina, —admoestou o pai.

—É uma lição importante, —concordou o jovem, —o senhor deve ensiná-la para as novas gerações, —olhou para o céu, onde a lua branca quase tinha atingido o zênite e seu halo brilhante começava a ser invadido pela lua negra, —para mim, já é um pouco tarde.

—Meu filho...

—Não discutamos mais, pai, —replicou o jovem, —o Concílio dos Anciões tomou a sua decisão e eu também tomei a minha, de forma voluntária. O senhor sabe que estou fazendo isto pelo bem de todos, —o unicórnio olhou fixamente para seu pai, —a profecia do Oráculo de Diamante já está se cumprindo, os Dragões Primordiais foram mortos e o herói Árkon, o enviado do Mágico, cedeu seu poder para os humanos. O futuro na superfície da nossa amada Aurória não será mais favorável para nós. Devemos agir agora, que as condições são propícias, depois, será muito tarde e muitos sofrerão até chegar a próxima oportunidade.

—Você sempre teve um espírito rebelde e nunca foi particularmente disciplinado ou seguidor das regras, — falou o pai, —na verdade, fiquei surpreso de que você não se unisse ao grupo que rejeitou a decisão do Concílio e escolheu o exílio. Lembro que, na época, fiquei feliz porque você ficou conosco, jamais imaginei que você ia decidir tomar este caminho.

—É verdade que sempre fui meio cabeça de vento e que nunca tive muito interesse por nada, mas, quando o Concílio me chamou, me mostrou o destino amargo que teríamos ao seguir nestas terras e me explicou que possuo o poder necessário para mudar esse futuro. Eles me mostraram que Ethrinia é a única saída e que eu sou um dos que podem abrir este caminho. Depois disso, tomar a minha decisão foi fácil. Não tem preço tão alto que não mereça ser pago em troca de um futuro melhor para todos os que amamos.

—Se você tivesse posto mais atenção às minhas lições, teria entendido que as amarguras fazem parte da existência, assim como a felicidade.

—Pai, a minha decisão já está tomada, nada do que o senhor fale ou faça me fará mudar de ideia!

O velho unicórnio observou, fixamente, seu filho, por uns instantes, depois sacudiu a cabeça e olhou para o céu. O discos das duas luas tinham começado a se tocar.

—Bom, —resmungou, —a trabalhar então, que temos pouco tempo. Vamos completar os sigils, se concentre e tente não destruir meia pradaria ou botar fogo em mim. Deixe-me terminar, primeiro, o sigil da rocha.

O pai fez brilhar seu chifre espiralado e, com a ponta afiada, gravou, na pedra, um conjunto de símbolos em torno do círculo mágico entalhado nela. Ao terminar os traços, orientou ao seu filho:

—Agora, com muito cuidado e precisão, replique este sigil na superfície que você limpou. Lembre-se, deve ser quatro vezes maior que o original, mas, mantendo a proporção.

O jovem unicórnio respirou fundo novamente e seu chifre brilhou, intensamente. Intensamente até demais.

—Você está pondo uma energia excessiva, — admoestou o pai, —concentre-se mais.

Aos poucos, o brilho do chifre do jovem diminuiu até alcançar a intensidade perfeita. Com movimentos rápidos e gráceis, a criatura fez a réplica do sigil gravado no monólito na superfície de vidro escuro. Ao terminar, respirava pesadamente pelo esforço, no entanto, sentia orgulho de si próprio. Olhou para o céu, o disco da lua negra estava atingindo o centro da lua branca.

—Está quase na hora, —falou o velho unicórnio, vendo como, no horizonte, em cada um dos pontos cardinais, pilares de luz branca levantavam-se até o céu, —os outros parecem estar prontos, já. Outros três unicórnios vão sacrificar a sua vida para que o resto de nós possa continuar vivendo como até agora.

—Pai, —falou o jovem unicórnio, enquanto andava até o centro do sigil gravado no chão, —eu sei que, no fundo, o senhor não concorda com a minha decisão, mas, lembre-se de que dar a vida por um futuro melhor para os seus é a ação mais nobre que qualquer criatura pode fazer, —no céu, as duas luas estavam perfeitamente alinhadas. —Por favor, sinta orgulho de mim.

O jovem unicórnio fez brilhar seu chifre e esperou que seu pilar de luz se formasse. O pilar de luz não se formou.

—Meu filho, —falou o velho unicórnio, —você tinha que ter posto mais atenção nas lições, —do seu chifre espiralado saiu um raio de energia, que mandou o jovem unicórnio rolando pela pradaria. Com um rápido movimento, marcou um ponto em um dos símbolos do sigil do monólito. Com um salto, ficou no centro do círculo mágico, no chão de vidro e completou a réplica. Seu filho, reposto já da surpresa, corria na sua direção, mas, o pilar de luz já se disparava para o céu.

—Não, pai! —gritou o jovem unicórnio. —Não quero que o senhor se sacrifique.

—Meu filho, —falou a antiga criatura, sacudindo a cabeça, —esta é uma lição que eu gostaria que você aprendesse, não tem problema em fazer sacrifícios pelo futuro, mas, não se deve mandar a outrem dar tudo enquanto você desfruta dos benefícios. Isso é algo que esses velhos do Concílio teriam que saber bem. —As duas luas atingiram o alinhamento perfeito no zênite do céu de Aurória, —seja feliz, meu filho, aproveite a sua vida.

Em um instante, apenas, todo o ser da magnífica criatura dentro do pilar de luz transformou-se em energia pura. O chão tremeu e se quebrou. Uma porção enorme da superfície de Aurória, contendo as terras mais amadas pelos unicórnios, se separou do continente e começou a ascender, lentamente. Era o nascimento de Ethrinia, a ilha flutuante dos unicórnios. Nesta terra, os unicórnios poderiam continuar a sua existência, longe dos conflitos do restante do mundo, esta tinha sido a decisão do Concílio dos Anciões. Para realizar este sonho, quatro unicórnios tinham entregado seu ser.

O jovem unicórnio andou até a margem da ilha, que se levantava em direção ao céu. Com olhos cheios de lágrimas, observou o mundo que ficava para baixo, ferido pelo pedaço recém arrancado e condenado a um futuro de conflitos e lutas. Depois, dirigiu o seu olhar para as terras de Ethrinia, que se tornariam um pacífico refúgio, ao custo do sacrifício do seu pai e dos outros. Qual dos dois ele merecia? Qual dos dois ele preferia?

—Obrigado por tudo, pai, —murmurou, —seguirei as lições que o senhor me ensinou.

A criatura se distanciou vários passos da margem do abismo recém-criado. Sacudiu a cauda e a cabeça. Com um galope rápido, ganhou o impulso necessário para cobrir a distância até o chão do continente, que já estava bem longe. Com um poderoso salto, deixou Ethrinia para trás.

O impacto no chão do continente foi considerável, até para um ser como ele, mas, não impediu que continuasse correndo. Na distância, já podiam se escutar os estrondos de tormenta e o bramido do mar que vinha a ocupar o espaço vazio. O jovem unicórnio continuava a sua corrida, na direção do futuro. Futuro que, quiçá, fosse difícil, mas tinha certeza de que percorreria um caminho forjado por ele mesmo.

Seus cascos deixavam profundas pegadas no solo de Aurória.

CAÇADORES HABITUAIS

O elfo coçou o topo da cabeça, pensativamente, estudando a ponta da sua alabarda como se ela pudesse lhe dar uma resposta. A proposta que acabava de lhe ser feita era tentadora, mas com muitos riscos. Sim, sua fama o precedia. Sim, ele era muito habilidoso no manuseio de armas. Sim, ele tinha sobrevivido a coisas das quais poucos poderiam se gabar, mas tudo isso era precisamente porque evitava correr riscos desnecessários e ficava de fora de uma empreitada que sabia que não poderia realizar. Ele não gostava de trabalhos malfeitos e este vazava malfeitos por toda parte. Sem muita convicção, ele fitou o olhar ansioso dos caçadores de recompensas.

—Caçar um unicórnio não é uma coisa fácil, —falou, sem se dirigir a ninguém, em particular.

—Tudo está planejado, é impossível falhar! —Os três facínoras assentiram, encantados. Aparentemente, nada iria fazê-los mudar de ideia.

—Vamos conseguir um bom pagamento, se é com isso que você está preocupado, —disse aquele que parecia ser o líder. —Você nem terá que arriscar muito. Só precisamos que você intervenha se algo der errado. Sabemos que você é, digamos… excepcional, quando se trata de encontrar saídas para "momentos complicados".

O elfo olhou o malandro, bem nos olhos, como se tentasse adivinhar seus pensamentos. O sujeito exalava malícia, claramente alguém em quem não se podia confiar. Um pouco acima do peso para o negócio, com cabelos ralos e despenteados, agrupados em tufos aleatoriamente espalhados ao redor da cabeça e do rosto. Tudo isso temperado com cicatrizes de todos os tamanhos, nos lugares mais díspares e cercado pelo mau cheiro... um fedor ruim e desagradável.

Como se quisesse dissipar as dúvidas do elfo, o homem tornou o rosto mais cândido e sorriu, revelando toda uma gama de sujeira entre os dentes podres.

—Se precisar de referências, pode perguntar pelo "Bando do fio" em qualquer taberna daqui até Robledalgrand. Este aqui, —o líder apontou para um sujeito esguio à sua direita. Evidentemente humano, mas com alguma pitada de duende em algum lugar, a julgar pelos traços reptilianos de seu rosto e o amarelo de seu olho direito, o esquerdo interrompendo brevemente o curso de uma cicatriz, —é o Caolho, ele é tão rápido com as redes que poderia pegar uma mosca no ar, se existissem redes com trama tão pequena. Uma vez, ele até conseguiu imobilizar um dragão. Aquele foi o nosso melhor trabalho...

Como que para reforçar o que seu chefe estava dizendo, Caolho bateu no peito e mostrou o que claramente achava ser o dente de um dragão adulto pendurado em seu pescoço. O elfo soube, nesse momento, quem seria o primeiro a morrer.

—O Yago é especialista em todos os tipos de armas de arremesso, —continuou o gordo, como se fosse um vendedor de tecidos em um mercado, —ele é um cara muito perigoso, sua pontaria não tem igual entre os homens. Tem trabalhado comigo por anos e nunca o vi errar o alvo. Ninguém disse que tínhamos que pegar nosso objetivo vivo, podemos matá-lo e fazer o resto depois. Precisamos, apenas, de algumas partes. O pagamento será abundante. —O gordo piscou enquanto sorria, com sua boca cínica, como se insinuasse coisas que o elfo não conseguiu entender. Por um momento, o elfo se perguntou por que não matava todo o bando ali mesmo, fazendo assim um favor ao mundo, mas estava cansado de fugir, de cidade em cidade, e Torcasblancas era um bom lugar para se viver, pelo menos, por um tempo.

O elfo suspirou, resignado, era tudo por causa da maldita fama. Decidiu dar a eles uma última chance de encontrar um negócio mais lucrativo e deixar o contrabando de criaturas para pessoas mais capazes.

—Ainda precisam do principal, não vejo uma virgem em lugar nenhum, —falou.

—Esse é o trabalho dela... —o gordo apontou, orgulhosamente, em uma direção imprecisa e, atrás dele, o elfo teve que girar a cabeça para ver o outro membro do bando. Se eles tivessem a habilidade de conseguir uma virgem para o trabalho, talvez não fossem tão inúteis, afinal. Se as virgens fossem criaturas mágicas, seriam as mais exóticas daqueles lugares e nunca procurariam a companhia daquele bando de indesejáveis. A menos que fosse uma virgem com problemas muito sérios.

Quando o elfo viu o último integrante do bando, ficou totalmente convencido de que tudo terminaria em um desastre imenso. O que seus olhos viam era o sinônimo mais apropriado para "problemas".

A jovem Aa era bela. Bela demais para uma mera humana. Estava claro que seu sangue não era misturado, era pura humana, mas a delicadeza de seu semblante, a precisão de suas formas, pareciam vir diretamente das mãos do próprio El Mágico. Seu cabelo escuro como o fundo de uma gruta, caía como cortinas, emoldurando um rosto afiado, com feições perfeitas. Seus olhos pareciam duas esmeraldas brilhantes, vivas, capazes de fitar nas profundezas do coração das coisas. Sua boca era de riso fácil, com uma voz cristalina e musical. Ela era a imagem viva da beleza.

Mas, quando olhos experientes escrutavam o todo, algo oculto poderia ser descoberto. Um traço sutil que poderia passar despercebido para o olhar dos ingênuos, embora fosse perene. Aa, era letal. Perigosa em níveis insuspeitados, tanto que apesar de sua beleza e da aparente ingenuidade de seus gestos, aquela letalidade não conseguia ficar escondida e por alguns segundos vinha à tona, em um olhar, em um movimento, na dureza de sua expressão quando ela permanecia absorta, contemplando algo, como neste momento.

O elfo conhecia a jovem desde algum tempo. Ele já tivera a infelicidade de cruzar seu caminho duas ou três vezes antes e esses encontros sempre terminavam mal. Então, vê-la sentada ali em uma macieira torta, vestida de trapos, vendo um pássaro bicando uma fruta caída com o mesmo olhar de uma cobra encarando um rato que acabou de estragar sua soneca, convenceu-o de que sua melhor jogada seria desaparecer da região. Aa era como um vendaval destruidor que deixava uma marca traumática por onde passava, nada em que ela se envolvia tinha um final feliz e o elfo podia apostar que, desta vez, não seria exceção. De repente, Torcasblancas não parecia mais um lugar tão agradável.

Com movimentos estudados, acionou um pequeno mecanismo escondido em algum ponto impreciso da haste da sua alabarda, que se dobrou em três seções de dois côvados cada, tornando a arma manejável com apenas uma mão. Ele a colocou, cerimoniosamente, em uma bainha pendurada em suas costas, deixando a lâmina aparecendo sobre seu ombro direito, desde o ponto em que o aço ameaçado refletia os raios do sol. Era uma arma esplêndida, com duas lâminas em forma de meia-lua guardando uma ponta de lança de um côvado de cumprimento. Uma vez terminado o que parecia um ritual, ele fixou seu olhar frio nos rostos expectantes dos caçadores de recompensas. O gordo suava, de preocupação.

—Sem querer ofender, —falou o elfo, —devo recusar seu convite. Obrigado por pensar em mim, sei que é um privilégio ser contratado para um trabalho por pessoas tão reconhecidas e capazes como vocês. Acho que vocês são mais do que qualificados para fazerem essa tarefa sozinhos. Como você mesmo falou, o pagamento será muito bom e ficará mais substancial se eu não participar dele, seria um desrespeito cobrar uma parte apenas para trabalhar como seu guarda-costas enquanto vocês fazem frente a um unicórnio. Apenas um unicórnio, um passeio no parquinho, como se fala por aqui. Provavelmente, err... qual é o nome dele? Caolho? Sim. Caolho provavelmente pode pegá-lo sozinho e com uma rede de pesca. Olhe para ele! O homem usa um dente de dragão em volta do pescoço, ele é tão seguro de si que chega a ser assustador.

A quadrilha ouvia o discurso, de boca aberta, sem ter brecha para interromper e ensaiar algum protesto. Até Caolho olhou, de um para o outro, como se perguntasse se o elfo estava realmente elogiando-o ou, apenas, zombando dele.

—E, vendo que finalmente concordamos, —continuou o elfo, —vou embora e desejo-lhes boa sorte. Por favor, eu agradeceria se você não me procurasse novamente, sou um cara que preza muito pela privacidade e não aceito assédio, embora vocês jamais fizessem algo assim, dá para ver que são muito sérios. Deixo vocês para se prepararem e descansarem. Espero vê-los, um dia, em uma taverna e saber como tudo foi. Prazer conhecer vocês.

E, quase imperceptivelmente, ele olhou para a macieira, perguntando-se se tudo isso tinha sido planejado pela maldita garota. Mas Aa não estava mais lá. Como era de se esperar dela.

A taberna "As Tetas de Mopes" era reconhecida pelo péssimo vinho que ofereciam. Por isso e porque o pior tipo de pessoa, em toda Torcasblancas, se encontrava lá e até mesmo, alguns forasteiros. Situava-se num beco sem nome, junto à muralha que rodeava a cidade, na parte Oeste. Para os recém-chegados, não era muito fácil encontrá-la, pois toda a área anexada ao muro pertencia às favelas e seus habitantes eram os membros na posição mais baixa na escala social. As favelas não deixam de ser pitorescas já que, em seus mercados, podia se encontrar qualquer produto, desde que o cliente tivesse dinheiro para pagar e, por isso, muitos nobres e aristocratas costumavam andar, de incógnito, pelo emaranhado de ruas improvisadas. De vez em quando, alguém parava em frente à placa de madeira com o nome gravado em relevo e a figura explícita de dois peitos volumosos, rodeando uma caneca de cerveja.

O elfo tinha conhecido Mopes, que tinha aberto aquele negócio há cerca de três gerações e, embora não se lembrasse de que ela tivesse atributos tão grandes que a tornassem famosa, podia atestar que não era a sua rapidez para servir mesas e sim, para abrir as pernas que, nos primeiros tempos, a mantivera com o negócio à tona.

O elfo gostava desse lugar. As pessoas que lá iam eram mais divertidas e pitorescas do que nas famosas tabernas do centro da cidade. Por outro lado, todo mundo cuidava da sua própria vida e raramente começava uma briga. Para isso, estava lá o Magrub, um semitroll montanhês que, com sua musculatura e o rude porrete que sempre o acompanhava, exercia um espantoso poder de convicção sobre os desordeiros e os bêbados. As pessoas iam lá para se divertir, fazer negócios ou se esconder e, no processo, beber a urina nojenta que queriam passar por vinho ou cerveja, dependendo do pedido. No caso do elfo, pode-se dizer que ele frequentava o local por algum dos três motivos, mas principalmente para ficar sozinho.

Os clientes podiam ser uma companhia desaconselhável, mas eram pessoas que entendiam várias linguagens, a do dinheiro, a da força e a linguagem corporal de alguém com quem não se deve mexer, caso se valorize a própria saúde. Embora não fosse cliente tão regular a ponto de chamar a atenção ou favorecer a possível emboscada de algum malandro, o dono da taberna o conhecia o suficiente para reservar uma mesa para ele. Uma mesa bem legal, afastada da bagunça, em um canto no qual ninguém tinha acesso às costas do elfo e desde onde se podia visualizar todo o local, com um olhar. Lá, todos o deixavam sozinho, por isso quase se surpreendeu quando alguém que ele não tinha visto se aproximar sentou-se à sua frente, interrompendo suas reflexões.

—Você se lembra de mim? —o timbre não era nem muito agudo nem muito baixo, apenas feminino e extremamente sensual. Recuperado da surpresa inicial, o elfo pegou a jarra de vinho à sua frente e fez um gesto tímido, de levá-la aos lábios, mas, depois, pensou melhor e a colocou de volta na mesa. Interpretando mal o silêncio dele, a intrusa tentou alisar um pouco seu cabelo com os dedos e tentou refrescar a memória do elfo.

—Eu sou a garota que...

—Aa..., —o elfo a interrompeu. A jovem sorriu lentamente, envolvendo-o com um olhar descaradamente sedutor.

—Eu sabia que elfos não podiam ter uma memória tão ruim! Muito menos alguém como você, é impensável, aliás tenho certeza que daquela vez...

—Aa, o que você quer? —o elfo a interrompeu novamente

—Hmmm, sempre tão direto. Os anos estão deixando você mal-humorado. Eu lembro que você era mais feliz.

—E eu lembro que você era mais introvertida. Os anos estão deixando você tagarela e um pouco descuidada, talvez.

—Você está dizendo isso por causa dos meninos? —ela sorriu, brincalhona. Qualquer um pensaria que ela estava falando dos filhos do senescal da cidade. —Sim, eu sei o que você está pensando, mas não se preocupe, eles são inofensivos, metaforicamente falando. E piscou para ele, imitando perfeitamente o gesto do gordo.

—Mandaram você para me convencer a entrar no circo deles? Não pensei que você afundaria tanto.

—A minha vida é problema meu. —De repente, ela ficou séria, apagando todo semblante amigável. Sua pose era a de um felino prestes a atacar. O elfo esticou o braço, colocando a jarra de vinho no meio da mesa, como se estabelecesse uma barreira entre os dois, ou simplesmente a convidasse para beber. A jovem manteve o rosto inalterado; os elfos eram ambíguos até nos gestos, nunca se sabia exatamente quais eram suas intenções, era como concordar e negar ao mesmo tempo.

—Aa, comigo, você não precisa ficar na defensiva. Eu te conheço melhor do que você pensa. Até reconheço o teu cheiro, por entre toda essa amálgama de trapos sujos, da companhia dos "meninos" e até do sangue do infeliz que mataste para lhe roubar o cinto, as botas e a cota de malha leve que escondes debaixo de tuas roupas. Alguém como você não é esquecido. Bem, eu já respondi sua pergunta com muita sinceridade, agora por favor responda a minha... O que você quer?

—Companhia! —falou ela, dando um pulinho e sorriu, ingenuamente, mordendo o lábio inferior.

O elfo suspirou pacientemente, tentando lembrar as cenas da sua luta contra as harpias, quase um século antes. Aquela era a coisa mais próxima de matar mulheres de que ele se lembrava. Se descobrisse uma pena sequer, em todo o adereço daquela jovem, não hesitaria um segundo em partir para a agressão.

—Bem, você escolheu a mesa errada! — o elfo tentou, fazendo um grande esforço, demonstrar desconforto, no final das contas, ele era um mestre do autocontrole, reconhecido por isso, inclusive, entre os da sua raça, mas, aquela humana tinha a incomum habilidade de fazê-lo perder as estribeiras. —Por acaso, tem alguma faixa anunciando esta mesa como "Encontre aqui a companhia idónea para passar o tempo"? Estou deixando de ver alguma coisa?

—Ranzinza, ranzinza, —falou ela, fazendo beicinho.

O elfo decidiu que era hora de ir embora, mas, com um gesto rápido, ela o segurou pelo pulso, antes que ele conseguisse sair da cadeira. Ele só fitou a mão da jovem segurando seu braço e ela o soltou, tão rapidamente quanto o tinha agarrado, quase derrubando a jarra de vinho.

—Por favor, sente-se. Nós precisamos de você. Já viu os meninos, —ele se acomodou novamente no assento, enquanto ela tentava expor todos os detalhes, em tempo recorde, —eles podem não demonstrar, mas, no fundo, não são ruins e têm me ajudado muito. Eu devo isso a eles. Precisamos deste trabalho, a gente estava na miséria como caçadores de recompensas, mas, caçar criaturas garante um bom pagamento por temporada. Você não tem ideia do que é passar um inverno em um chiqueiro, quase sem comida e sem fogo porque a cidade onde você estava entrou em guerra e os filhos das mães dos comerciantes aumentaram os preços dos alimentos. Você não sabe o que eu tive que passar. E quando eu não tinha ninguém, os meninos cuidaram de mim.

—Sim. Imagino seus cuidados, —falou o elfo, com sarcasmo.

—Bem, não, você não pode imaginar! —explodiu ela, atraindo a atenção de alguns bebedores e comensais. Como nada mais aconteceu, todos voltaram aos seus afazeres. —Os meninos me protegeram, me deram trabalho com eles! Passamos o frio e o calor juntos! E não! Ninguém tentou tirar vantagem, mesmo sabendo que, se tentassem, eu teria que abrir as pernas e agradecer!

—Estou emocionado, —falou o elfo, com a mão no peito —eles são uns facínoras com corações de ouro. — Tendo visto tudo o que pode ser visto no mundo, um elfo pode morrer em paz. Bravo para seus meninos, mas tenho meu próprio negócio e não sou pago para ser babá. Eles já têm o plano A, do qual, aliás, não gosto nada. Eles devem se concentrar em preparar um plano B, caso as coisas deem errado, e as coisas vão dar errado, acredite em mim. —O elfo bebeu da jarra de vinho.

—Mesmo que eu concordasse em fazer parte disso tudo, —continuou o elfo, —eles ainda precisam de uma virgem e que ela cante bem. Não tem outra maneira de garantir que um unicórnio responda a uma chamada. Ainda assim, não acho que aqueles inúteis possam terminar o trabalho. Um pescador, um malabarista de circo e um gordo que estaria melhor na cozinha de uma taverna... e você. A única com um pouco de cérebro, — cravou um olhar fixo nela, —mas parece não ser o suficiente.

—O problema da virgem já está no papo, agora mesmo os meninos estão tirando a moça, num saco, do quarto dela. Em relação às nossas habilidades, quero informar que já derrotamos pessoas fortes. Você ficaria surpreso com as recompensas que conseguimos coletar. —Ela protestou.

—Sim, posso ver a cena, como se estivesse lá. Incautos que correram atrás dos teus encantos, direto para um beco escuro no qual teus amiguinhos demonstraram suas habilidades marciais quando os otários ficaram com as calças enroladas nos tornozelos.

Ela arregalou os olhos, como as crianças quando são pegas em uma falta. O elfo tentou se levantar, novamente, encerrando a conversa.

—Receberemos dez mil reis e um baú de pedras preciosas para usarmos como quisermos!

O elfo era um especialista em reconhecer uma mentira, independentemente da habilidade do mentiroso e aquela frase tinha o carimbo de uma grande verdade. Aa sabia que era impossível enganá-lo, por isso, tinham tentado mostrar o assunto da melhor maneira possível, sem mentiras descaradas. Ele não era exatamente ambicioso, mas, um dinheiro extra não cairia mal. Essa quantia realmente interessaria aos mais céticos da região, o que introduziu uma nova fonte de preocupação.

—Quem está pagando? —perguntou ele inclinando-se sobre a mesa.

—Quanto menos você souber sobre isso, melhor. Achei que você fosse mais profissional. A única coisa que deve te preocupar é que o contratante pode e está disposto a pagar.

Dez mil reis. Com tal quantia uma pequena cidade poderia ser comprada. Sem ficar ganancioso, somente com dez reis qualquer um poderia viver confortavelmente por alguns anos, sem contar as pedras preciosas, que poderiam ser vendidas a preços exorbitantes sem a necessidade de intermediários. O elfo engoliu em seco, enquanto Aa recostou-se na mesa, apoiando a cabeça em um braço, sorrindo como um gato vendo um rato encurralado em um canto.

O elfo não gostava de intrigas e tudo isso cheirava muito mal. Por outro lado, sua curiosidade tinha sido provocada e a cada minuto que passava ele encontrava mais incógnitas abertas e mais argumentos para participar. A vida de sua espécie podia se tornar entediante de vez em quando e, a essa altura, ele já queria saber aonde levaria essa trama, principalmente agora, que tinha um estímulo muito convincente.

—É uma quantia muito grande por um unicórnio. Eu já vi colecionadores pagarem muito menos por um crânio de dragão adulto, que são igualmente difíceis de matar. O que você não está me contando?

—Digamos que temos um contrato que não podemos quebrar. Há cláusulas que impedem dar muitos detalhes sobre o assunto. Há partes envolvidas que… "apreciam muito a sua privacidade", por assim dizer. Aa sorriu novamente, com muito mais cinismo. —Você não precisa se preocupar com as partes complicadas. Sabemos que os elfos ficam um pouco exigentes com a Natureza, o Equilíbrio e assim por diante. Como eu disse, só queremos que você cuide de nossas costas enquanto nós cuidamos das partes complicadas. —A jovem se reclinou na cadeira.

—Mmm, você quer dizer que estão esperando concorrência. É claro que uma soma tão grande denota um interesse acentuado por parte do contratante. É natural que ele tenha feito a mesma proposta para vários grupos para garantir o sucesso, já que não trabalha com profissionais.

—Ninguém disse que teríamos concorrência, mas também não disseram que não. Então, é melhor evitar surpresas desagradáveis, viu? Não somos tão estúpidos quanto você pensa.

—Pelo menos, você pode me dizer de quais partes do unicórnio vocês precisam? —Perguntou o elfo. Esse detalhe poderia lançar alguma luz sobre a identidade do contratante.

—Do chifre, é claro, —Aa contou com os dedos, —dos olhos, do coração, dos cascos e das bolas.

O elfo lançou um olhar cheio de significado e ela não conseguiu conter uma risada.

—Nah, só estou brincando! Sobre as bolas, quero dizer. E aí, você topa?

O elfo permitiu que um dos cantos da sua boca aparecesse, em um esboço de sorriso. Aa quase dançou, de alegria.

—Eu sabia que você estava interessado ou você não teria escutado tanto! Você está se tornando previsível. — Ela piscou para ele, novamente. Parecia que isso estava se tornando um hábito. —Vamos, vamos selar nosso pacto.

Dizendo isso, ela pegou a jarra de vinho e bebeu um longo gole, o que a deixou com uma careta e com os olhos marejados.

—Quando você bebe esse lixo não fica se questionando aonde é que o Magrub faz xixi?

O elfo retirou-se para seu quarto, com um turbilhão de vagas sensações queimando dentro dele. Esse era o problema de se encontrar com Aa, ela sempre o deixava com a mesma inquietação, como se tivesse feito besteira de mil maneiras diferentes. Pensou em sair, por um tempo, para encontrar alguém para descontar sua frustração, mas descartou a ideia. Ele tinha prometido a si mesmo manter a discrição, embora já visse que tinha servido para nada.

"El Mágico, na sua infinita sabedoria, terá algum plano inescrutável", pensou. Quando os problemas estão procurando por você, nada melhor do que os enfrentar e sair rapidamente do assunto. Desde que ele viu que Aa estava envolvida, seu destino tinha sido selado. Vinte anos se passaram desde a última vez que tinham se encontrado. Um piscar de olhos para um elfo, mas uma vida inteira para um humano. No entanto, o tempo parecia não passar para ela como para os outros humanos, Aa parecia alguém no auge da juventude, o que era um enigma para quem a tivesse conhecido um pouco e sobrevivido, para contar a história. O elfo a conhecia bem; bem até demais para o seu gosto.

A garota era como uma estrela, atraindo mundos com o simples ato de sua presença. Mundos grandes, complexos, pequenos ou simples. Mundos sem escolha, a não ser girar em torno dela até serem destruídos pela velocidade vertiginosa de sua rotação e pela magnitude avassaladora de sua força de atração. O elfo já tinha sido puxado por sua gravidade algumas vezes, mas ele era outra estrela. As estrelas são assim, capazes de absorver mundos, mas incapazes de assimilar umas às outras, elas apenas colidem. Portanto, a destruição desencadeada é terrível. Por essas razões, pode-se dizer que ele amava Aa, e por essas mesmas razões a evitava.

Pendurou a capa num gancho e encostou a alabarda na parede, bem perto da cabeceira, onde poderia alcançá-la rapidamente se necessário, e sem mais delongas caiu na cama. Suspirou. Aquela noite de sono não viria tão facilmente.

Unicórnios eram animais mágicos, quase tão antigos quanto o próprio mundo. Alguns falavam que eram ainda mais antigos do que os dragões. Uma coisa era certa, eram muito difíceis de ver e ainda mais difíceis de matar. A mente de uma dessas criaturas era tão afiada quanto a de qualquer humano e possuíam uma inteligência que não correspondia à dos animais. Por tudo isso, o plano daqueles malucos ainda lhe parecia mais maluco, mas o elfo duvidava de que alguém lamentasse a perda daquela panda de facínoras, por isso, não continuou a se aprofundar no tema. No entanto, sua cabeça não parava de girar em torno do assunto, tinha muitas perguntas sem resposta.

Para começar, como eles sabiam que tinha um unicórnio por perto? Quando uma dessas criaturas era descoberta, era normal que desaparecesse daqueles contornos. Unicórnios não costumavam viver perto dos homens e, à medida que os assentamentos humanos se tornavam mais numerosos, o habitat dos unicórnios ficava restrito a áreas inexploradas de floresta, nas que ninguém se atreveria a pisar devido aos grandes perigos que espreitavam lá. Ele mesmo, embora ainda pudesse ser chamado de jovem, já andava pelo mundo há alguns séculos e só havia cruzado o caminho daqueles bichos três ou quatro vezes. O elfo não gostou deles. Um unicórnio pode ser uma das criaturas mais perfeitas e maravilhosas, doces de se tratar com elas e sempre uma festa para os olhos, mas também podiam ser implacáveis e impiedosas. Além de que era quase impossível de derrotar em um duelo, e o elfo não gostava de estar perto de qualquer coisa que não pudesse vencer em combate. Simples instinto de autopreservação.

A segunda coisa era a confiança que aquele bando de inúteis emanava. Qualquer um com um cérebro do tamanho de uma noz sabia como era perigoso caçar unicórnios. Aqueles que negociavam no mercado das criaturas mágicas evitavam aceitar contratos envolvendo unicórnios e aqueles que eram gananciosos o suficiente para tentar sorte, caso sobrevivessem, raramente repetiam a experiência. E estes eram apenas três, e não os mais experientes. Que caçador confundiria um *wyvern* com um dragão? Portanto, ou eles tinham uma carta na manga ou mereciam o que praticamente iria acontecer com eles. A técnica da virgem era algo antigo, quando se descobriu fez certo efeito por um tempo, agora era algo conhecido até pelas supostas vítimas, que já não eram tão ingênuas, diga-se de passagem.

O terceiro ponto era a absurda quantia do pagamento. Muito dinheiro para uns idiotas que provavelmente venderiam suas mães por três dias de comida. Ou o contratante era alguém muito poderoso para se dar ao luxo de perder um patrimônio considerável por alguns pedaços de animal, não importa o quão mágico fosse, ou realmente não pensava em pagar.

De qualquer maneira, aqueles idiotas estavam condenados. Mas, além de tudo, era raro alguém pedir um unicórnio morto e não precisar dele inteiro. Além dos diversos usos que podiam ter as partes solicitadas, também era valiosa a pele, com a qual poderiam ser feitos gibões de couro, resistentes a vários feitiços de diferentes graus de magia, ainda assim, seria um enorme desperdício. Toda vez que ele pensava nisso, um alarme despertava em sua cabeça, mas ele não conseguia concretizar toda a ideia. Provavelmente fosse a sua relutância natural em agir contra a Natureza, então ele silenciou essa queixa interior.

Por fim, por que Aa estava se metendo nisso tudo? Não poderia ser apenas o pagamento. A mente da garota era muito aguçada para não perceber todas as coisas que ele próprio raciocinava. Aquela mulher diabólica não se envolvia em nada em que não tivesse certeza de que levaria vantagem. Tudo sobre Aa era um mistério, sua idade, sua motivação, sua busca, seu papel na trama das coisas. Mas algo era certo, Aa não arriscava cegamente, não era de sua natureza. Isso o trouxe de volta ao assunto do truque oculto.

Algum segredo estava escondido por trás de tudo isso. Definitivamente, nessa noite, o sono tardaria em chegar.

O elfo suspirou para acalmar seus pensamentos. Resolveu ficar atento à trilha pela qual andavam, afinal, esse era o seu trabalho, um simples guarda-costas e era a isso que ele se limitaria. Ele observou os membros do grupo, todos à sua frente, enquanto cavalgavam em fila única por um caminho estreito que levava cada vez mais fundo na floresta. Eles pareciam inquietos, lançando olhares nervosos de um lado para o outro. Um cavalo carregava uma trouxa em uma sela improvisada.

Os facínoras provavelmente pensaram que haviam escondido bem o conteúdo, mas um sapato de mulher assomava pela boca do saco. Estava começando a amanhecer, então, os pais da jovem, provavelmente, estariam gritando agora. Torcasblancas seria agora um lugar muito movimentado. Bem, ele sempre poderia devolver a garota para sua família, coletar alguma recompensa e parecer um herói. Algo tinha que ser tirado de tudo isso e os elfos também tinham que comer. Mas, o que ele faria com Aa? porque ela com certeza estaria entre os vivos no final.

Na verdade, toda aquela tensão estava sendo excitante.

Como se sentisse seus pensamentos, a garota diminuiu o passo de seu cavalo, permitindo que ele andasse ao seu lado. O elfo fez de conta que a ignorava.

—Não se preocupe com a donzela, —falou Aa, —ela está completamente adormecida, os meninos cuidaram disso. Não somos monstros. Estamos levando-a no saco por causa de olhares indiscretos, ela concordou quando levantamos a questão, mas insistiu para que parecesse um sequestro. Ela é de uma aldeia próxima a Torcasblancas e gostaria de "preservar a sua reputação", caso algo desse errado. —O elfo se permitiu uma risada gutural enquanto erguia as sobrancelhas, Aa o ignorou e continuou, circunspecta. —Quando tudo acabar, ela planeja pegar sua parte do pagamento e se mandar para longe de seus pais.

—Você lembra quando me falou que quanto menos eu soubesse, melhor? —o elfo perguntou, sem olhar para ela. —Vamos continuar assim, você não precisa me dar os detalhes complicados.

—Achei que você gostaria de saber, ontem você estava muito curioso. —Aa respondeu ironicamente, ele se acomodou na sela.

—Não exatamente esses detalhes, estou mais preocupado com as coisas que você não me conta.

—Mas eu sou um livro aberto! —ela sorriu brincalhona —Tenho certeza de que você já sabe até qual sonífero dei para a donzela!

—Ulúrio, provavelmente do caule da planta, a raiz é imprevisível de mais, embora o caule cheire mais forte, quando misturado com vinho, é praticamente indetectável.

—Pode me dizer como você faz isso? —ela perguntou, com espanto genuíno.

—Eu disse que tinha sua essência registrada desde o dia em que te conheci. Ontem, entre toda a gama de "perfumes" que você ainda carrega entre esses trapos, senti um pouco de ulúrio. Provavelmente, untado nos seios. Foi assim que descobri o que você faz com os incautos, com uns copos de álcool e um pouco de ulúrio, ninguém consegue ficar em pé mais do que alguns minutos. Um jogo muito sujo, arriscado e sujo. Eu me pergunto se você esperava que eu caísse nessa também?

—Eu não gosto mais de elfos, —a voz da garota ficou rouca. —E menos ainda se forem tão insuportáveis quanto você. Eu nem sabia que você tinha sangue nas veias. Na verdade, você já esteve com uma mulher?

—Estou detectando uma certa dor e rancor nessa fala? —O elfo sorriu divertido, o rosto corado de Aa era a viva imagem da raiva. —Quando te conheci, você era quase uma menina ingênua e apaixonada que sonhava em viajar com este elfo, ter aventuras e...

—Eu era uma menina! —Ela baixou o tom ao perceber que tinha chamado a atenção dos outros. —Uma garota abandonada por seu protetor, que você deveria ter resgatado e ajudado.

—Meu dever era te resgatar e te entregar aos teus pais e foi o que fiz. Você queria que eu ficasse como tua babá?

—Eu queria que você ficasse até que fosse seguro! Você conhecia os perigos, os riscos! Não se passaram dois invernos e eu estava novamente sozinha, meus benfeitores mortos; sozinha em um mundo hostil que mais do que me cobrou o preço da minha inocência! Tudo porque você não poderia estar por perto por alguns anos para garantir que as coisas terminassem da melhor maneira! O que são dois malditos anos para um maldito elfo? —Embora parecesse incrível, Aa estava à beira das lágrimas.

—Assim que descobri o que havia acontecido, fui atrás de você, passei anos te procurando, não sei para onde você foi. Teremos que passar pela mesma conversa toda vez que nos encontrarmos? Eu me preocupo com você, de vez em quando eu te procuro e tento te deixar o mais segura e confortável possível, mas parece que você tem um certo talento para jogar tudo fora.

—Porque você sempre vai embora! —Seus gestos eram agressivos. —Você vai embora e me deixa sozinha de novo, e a única esperança que tenho de vê-lo novamente é colocar minha cabeça sob o machado do carrasco, para ver se um dia você não chega a tempo e finalmente eu tenho verdadeira paz!

—A última vez... A última vez eu pretendia ficar; mas humanos e elfos não nasceram para ficar juntos. Por isso fui embora. Eu sei que você não vai entender.

—Você partiu... —a raiva mal permitiu que a garota articulasse as palavras. —...Porque Urmath chutou seu traseiro e você saiu com o rabo entre as pernas, escondendo-se como uma doninha ferida, o mais longe possível do Continente Quebrado.

O elfo a encarou. De repente, ela deixou de ser a brincalhona Aa, aquela com a máscara impassível e despreocupada e deixou emergir a verdadeira Aa, a perigosa, a cheia de ressentimento e ódio por todos.

—Problemas conjugais? —O gordo aproximara-se, sem que ambos o percebessem, tão absortos na conversa. Ele tinha um sorriso no rosto bochechudo, mostrando seus dentes podres. Aa olhou para ele, mostrando que ela não tinha se divertido com a chegada do homem.

—Er...Desculpe, eu só queria anunciar que este é um bom lugar para deixar as montarias escondidas e continuar a pé. São alguns quilômetros até o lugar certo, —e piscou na direção da mulher que tinha recuperado a compostura como num passe de mágica.

—A propósito...—ele continuou, —estou grato por você ter decidido nos ajudar. Espero que a recompensa valha qualquer inconveniente que tenhamos causado à sua "privacidade". Meu nome é Laemortoello, mas todos me chamam de "Tolo", —e estendeu a mão, todo sorrisos. O elfo olhou para aqueles dedos rechonchudos, sujos e gordurosos e só conseguiu pensar na fauna que deveria popular aquela imundície. Apesar de deixá-lo com a mão no ar, não pôde deixar de esfregar a sua própria mão no peito da blusa como se tivesse tocado no nojo obsceno com que o gordo tentava cumprimentá-lo.

—Acho que chamar você de Tolo está bom, — conseguiu gaguejar o elfo.

O gordo, sem se ofender, sorriu e acenou com a cabeça, esporeando o cavalo e falou:

—Vou avisar aos outros, de agora em diante, não devemos falar muito, vamos estabelecer sinais para nos comunicarmos. Aa, acorde a sua amiguinha, ela tem que estar bem acordada para o que está por vir.

—Não se preocupe, —comentou a garota, —a nossa donzela estará pronta em um piscar de olhos.

O grupo desmontou em um ponto da floresta bem afastado da trilha, em que não se ouvisse o barulho ocasional feito por uma das montarias. Com velocidade espantosa, eles desempacotaram todo o equipamento e o distribuíram entre os três caçadores de recompensas, enquanto Aa dava dois tabefes na garota com força suficiente para pôr um cavalo em pé. O elfo observou, impassivelmente, a cena até que Tolo se aproximou dele, explodindo em elogios.

—É aqui que seu trabalho começa, rapaz. Precisamos que você verifique que não tenha ervas daninhas ao longo do caminho. Iremos para o Norte o tempo todo. Você vê aquela elevação que supera as outras? Há um carvalho gigante ao lado de uma pequena poça, é impossível se confundir, aí, vamos emboscar o unicórnio. Tente ser discreto em sua "tarefa", se a fera ouvir sons de briga, provavelmente ficará com medo.

O elfo assentiu e saiu, com seu andar seguro e furtivo, como se a vegetação rasteira não o impedisse. Ele podia ver que Aa estava olhando para ele ansiosamente, como se ela quisesse lhe dizer algo, mas, aparentemente, ela pensou melhor e continuou a fornecer as instruções para a garota. Decidindo que era hora de se concentrar na sua tarefa, o elfo sacou duas longas adagas das bainhas, escondidas atrás de suas costas.

A alabarda seria muito incômoda para lutar entre tanta vegetação, então, com um breve gesto de sua mão ele, fez a arma longa desaparecer em algum ponto impreciso no éter, de onde poderia conjurá-la, se precisasse.

O elfo andava com passos rápidos. Não queria perder o show com o unicórnio e isso lhe deu uma certa urgência. Para testemunhar o que estava por vir, ele devia, primeiro, limpar a área. Sorriu para as justificativas sempre tão convincentes que ele próprio dava para si mesmo, mas, na verdade, ele estava chateado com tudo que Aa havia dito.

Não era a primeira vez que eles se encontravam e, ainda assim, as reprovações nunca tinham ido tão longe, antes. Por um lado, ele sentiu que a garota estava certa, mas por outro Aa estava sendo muito injusta. Ela não era o centro do mundo, atenção suficiente já havia sido dada a ela. Se a vida tinha sido dura com ela, era por causa da enorme teimosia da mulher, com seu maldito hábito de sempre fazer a coisa errada e ir para onde não foi chamada.

O perigo era para ela como a luz para as mariposas, para agora vir reclamar de que o culpado era o elfo. Isso estava acontecendo com ele por estar tão próximo dos humanos por tempo demais. Ela nunca entenderia que sua vida seria como uma brasa ao ar livre em comparação com o tempo de vida dos elfos. Ela murcharia e se esvairia, deixando-o com somente marcas e feridas. Os elfos tinham muito tempo para se curar, costumava falar Aa. Já ele encarava situação de uma maneira diferente, ele teria que conviver com a dor por muito mais tempo. Ele estava realmente amolecendo. Esse capítulo de sua vida já deveria ter terminado. Suas diferenças chegaram a tal ponto que ele ainda pensava nela como uma criança, não que Aa se comportasse como uma mulher madura, mas...

Um leve ruído o tirou de seus pensamentos. Quase automaticamente, ele ativou uma de suas habilidades quando o som ainda não havia desaparecido. Muito leve, muito rápido. Um estalo, com cheiro de seiva fresca, um caule quebrado pelo voo de uma flecha. Ele sabia reconhecer o som de tantos anos de experiência. Uma flecha nas costas, à esquerda. Ele se afastou e a pegou no ar, quando ela passava do lado dele. O fedor do veneno espalhado na ponta encheu suas narinas, agora que a flecha não estava mais cortando o ar. Tudo durou apenas alguns segundos. Para a percepção de um humano seria como ter parado o tempo.

O elfo finalizou o movimento com uma cambalhota, fazendo de conta que o dardo o tivesse atingido e caiu no chão, esperando. Virando-se, ele lançou um olhar penetrante na direção do ataque, mas não conseguiu detectar nada. Um inimigo habilidoso. Quase o surpreende por ele andar com a cabeça nas nuvens.

O elfo tinha se preparado para o combate corpo a corpo, mas este tipo de ataque com projéteis envenenados mudava as coisas. Seus pensamentos corriam rápidos, como um rio. Se o atacante tivesse disparado de mais perto, ele não teria tido tempo de pegar a flecha. Ativar uma habilidade era tão rápido quanto um piscar de olhos, mas uma flecha à queima-roupa era ainda mais rápida do que isso, se o arco fosse bom.

O atacante não poderia estar muito longe, ou não teria conseguido ver o elfo na vegetação fechada. A capa do elfo era especial, própria para camuflagem em diversos ambientes e a mata era a mais propícia. Para alguém ver um elfo da floresta em seu habitat natural, o atacante tinha que ser muito bom nisso. O elfo pensou em dar-lhe uma salva de palmas antes de lhe cortar a cabeça.

O elfo se levantou, cautelosamente, e puxou o capuz sobre a cabeça. Já tinha passado tempo suficiente para o atacante ter vindo corroborar a morte, mas não tinha mordido a isca. Talvez tivesse sido capaz de ver toda a manobra do elfo. Era possível, se o atacante tivesse algum item mágico... ou se fosse outro elfo. Isso valia a pena reconhecer para Aa: os momentos ao seu lado eram perigosamente divertidos. O elfo sorriu enquanto seus olhos brilhavam como os de um felino à espreita. A temporada de caça tinha começado.

O elfo ficou um bom tempo avançando, quase rastejando, procurando por qualquer sinal de pegadas. Estava quase perplexo, por um lado, via pegadas fundas, arbustos cortados para abrir caminho, todos os tipos de sinais de pessoas que não se importavam ou não faziam ideia de como cobrir seus próprios rastros, mas, de vez em quando, notavam pequenas marcas, quase indistinguíveis, em lugares em que se pode dizer que ninguém jamais tinha passado.

As marcas eram tão pequenas e escondidas que ele só conseguia pensar que alguém muito habilidoso as deixara de propósito, como se o convidasse a segui-lo, apenas deixando claro que ele existia, que estava ali. Inevitavelmente, o elfo teve que pensar em vários grupos, talvez independentes, nos quais alguns eram um bando de trapalhões e outros —não precisava ser necessariamente uma pessoa —estavam quase no nível dele. E pensou "quase", porque o elfo havia passado séculos aperfeiçoando suas técnicas, procurando os melhores equipamentos, aprendendo os feitiços mais adequados. Encontrar um caçador capaz de colocá-lo na defensiva era algo que ele considerava impossível entre os humanos.

Pensando bem no assunto, descartou a possibilidade do grupo. Um feiticeiro, no entanto, era outra questão. Por seus anos de experiência, o elfo sabia que os feiticeiros não eram muito hábeis em aprender a usar armas. Embora, se o fizessem, provavelmente escolheriam um arco, era uma arma digna de um feiticeiro ou mago, baratas rastejantes e covardes que não ousam lutar corpo a corpo e só querem te liquidar a vinte metros de distância. Se o perseguidor misterioso fosse um feiticeiro, não lhe cortaria a cabeça, não desde o início, o cortaria em pedaços primeiro! Então a palavra "feiticeiro" trouxe outro pensamento do nada.

Como Aa sabia que Urmath tinha derrotado ele? Ninguém e nisso ele tinha absoluta certeza, sabia de suas intenções de eliminar o bruxo. Se o elfo tivesse deixado o boato se espalhar, teria chegado aos ouvidos do feiticeiro e aquele maldito era um especialista em desaparecer. Também não é que o bruxo fosse muito tagarela e tivesse colocado um cartaz anunciando sua vitória aos quatro ventos. Mas Aa soube da notícia de alguma forma e isso lhe deu uma nova pergunta para resolver.

Isso e o assunto do unicórnio.

O elfo ouviu um barulho perto de sua posição e avançou cautelosamente, olhando para todos os lados, para não ser surpreendido. Perto dali, à direita, em uma árvore grossa, alguém tentava se acomodar em um galho. Provavelmente já estava ali há algum tempo e as cãibras estavam esfaqueando suas pernas.

"Que falta de disciplina", o elfo sorriu para si mesmo. A distância era boa para um par de facas de arremesso, mas ele decidiu lançar apenas uma. Ele tentaria acertar a garganta, não queria que a sua vítima gritasse e atraísse metade da região, embora contasse com que a queda do corpo alertasse qualquer eventual vigia próximo.

O elfo fez um som abafado, imitando alguém muito ferido. O escalador de troncos se inclinou para ver o que era. Iniciantes, pensou o elfo, jogando a pequena lâmina. O homem caiu, silenciosamente, os olhos arregalados de surpresa, os arbustos abafaram um pouco o som da queda, mas deve ter sido o suficiente para que chegasse aos ouvidos do vigia ocasional. Como se respondesse a seus pensamentos, uma imitação grosseira do canto de sabe-se lá que pássaro quebrou o silêncio da floresta.

Novatos, pensou o elfo, péssimos novatos; pessoas que desacreditavam a profissão dessa forma não mereciam estar entre os vivos.

Ele não precisou esperar muito para ver dois arqueiros vindo, correndo. Seus rostos estavam ocultos por máscaras e olhavam para todos os lados, com suas armas prontas, cercando o cadáver, que jazia no chão. Mais duas facas voaram, certeiras, ceifando a vida daqueles homens.

O elfo se reconciliou consigo mesmo, pensando que eles mereciam esse final por serem descuidados. Se fossem todos assim, abrir caminho seria uma matança sem emoção e ele não gostava disso, preferia um desafio, o que o fez pensar novamente no primeiro atacante. Não voltou a dar sinais, apenas os poucos indícios de sua presença, com certeza estava estudando tudo aquilo e se preparando. O elfo não gostou da ideia, era o que ele faria nesse caso e isso denotava preparação. Tal inimigo não era para ser subestimado.

Alguns minutos depois, ele decidiu que ninguém mais viria. Três coelhos com uma cajadada só, pode-se dizer. Bom negócio. Ele continuou sua busca por um tempo. De repente, algumas perdizes voaram perto dele. Ele saltou para o lado, agilmente, desviando da segunda flecha. O dardo caiu próximo, espetando um pássaro.

O elfo pegou a flecha e olhou com atenção. Era de fabricação humana, o que descartava que fosse outro elfo, ninguém se rebaixaria a usar armas tão grosseiras. O veneno também não era algo de outro mundo, normalmente letal para os humanos, mas, para um elfo, causaria apenas náusea e paralisia severa, por alguns dias.

O infeliz não tinha atirado nele, tinha acertado, de propósito, na perdiz. Provavelmente, também o atraiu para aquele lugar de propósito. O espaço era cheio de ninhos, embora ela não tivesse prestado muita atenção neles antes. O elfo estava sendo muito descuidado diante de alguém que era igual a ele. Agora ele sabia, pois seu atacante misterioso estava arriscando deixá-lo vivo, brincando com ele. Só uma pessoa muito confiante seria capaz de uma tolice dessas. A arrogância do desconhecido estava começando a irritá-lo, seriamente.

O elfo decidiu que não seguiria a direção do tiro. A brincadeira terminava aí. Se eles queriam caçá-lo, o teriam que perseguir, caso contrário, ele estaria dançando a música dos atacantes.

Era evidente que o atacante misterioso estava tentando convidar o elfo a segui-lo, a descobrir as pistas deixadas para trás e fazer o elfo cair na verdadeira armadilha, da qual não conseguiria escapar. "Muito emocionante", pensou o elfo, mas ele tinha trabalho a fazer. Quando acabasse com o resto das buchas, veria para que lado soprava o vento. Mas, primeiro, devia terminar o prato que tinha na frente.

Pouco tempo depois, o elfo já tinha eliminado doze sicários, quase todos em duplas. Pessoas muito inexperientes, mas armadas até os dentes, que confiavam claramente em sua superioridade numérica, mas estavam longe de caçadores de recompensas, escolheram muito mal os lugares para emboscar, óbvios demais e com muitos acessos. Um se escondia e o outro rondava, um comportamento mais comum em mercenários do que em pessoas acostumadas ao mato. Na verdade, todos eles estavam fazendo tanto barulho quanto um modonte abrindo caminho numa floresta seca. Por outro lado, o verdadeiro adversário não tinha aparecido novamente, mas o elfo tinha encontrado algumas armadilhas muito bem escondidas.

Algo assim não tinha sido improvisado, era o tipo de trabalho que exigia tempo, ou seja, aquele outro atacante misterioso estava jogando sozinho e devia ter chegado antes para preparar o território. Provavelmente, pretendia se livrar de todos os outros e coletar a recompensa por conta própria, deixando que os outros servissem como bucha de canhão e, assim estudar a concorrência. Era exatamente isso o que o elfo faria.

De qualquer maneira, tudo isso ainda cheirava mal. Eram muitos sicários para dar conta de três miseráveis que se achavam grandes caçadores de recompensa. Conhecendo Aa bem, pode ser que eles estivessem todos do mesmo lado e ele estivesse sendo feito de tolo, dizimando o grupo para que os sobreviventes tivessem mais para compartilhar. Até o atacante misterioso poderia estar fazendo o mesmo trabalho que ele. No caso de um dos dois falhar, o outro finalizaria o serviço. Inteligente. Era sempre bom garantir todas as possibilidades. "Bem", pensou o elfo, "está na hora de fazer prisioneiros". Alguém tinha que esclarecer aquele enredo.

Descartando toda sutileza, o elfo se levantou e caminhou, decididamente, seguindo os rastros dos espreitadores. Apesar de rejeitar a cautela anterior, seu andar era tão silencioso quanto costuma ser nos membros de sua espécie. De sua posição, ele podia ver perfeitamente a copa do grande carvalho no qual o grupo de Laemortoello já deviam estar iniciando o ritual para chamar o unicórnio, do qual, aliás, ainda não havia vestígios. Ele teria que se apressar.

O elfo andava quase em círculos, fazendo largos desvios, checando os rastros, sabia que ainda restavam alguns inimigos e eles tinham que estar perto. Finalmente, captou o movimento de um capuz, nos arbustos. Observava bem para evitar surpresas, eram cinco à vista, conversavam por sinais. Todos carregavam arcos nos ombros e algumas espadas curtas, com os rostos cobertos. Ele acabou com os dois restantes à sua frente, com suas facas de arremesso, uma na garganta, outra no olho. Os outros ficaram surpresos e o fator surpresa foi crucial.

Movendo-se a uma velocidade sem precedentes, o elfo caiu sobre os mercenários, antes que eles pudessem terminar de reagir. Dois caíram, vitimados pelas facas de arremesso.

Aproveitando que o homem mais próximo tinha levantado o braço para desembainhar uma espada longa, o elfo enfiou-lhe a adaga, na axila. O outro teve tempo de sacar sua lâmina e lançar um golpe inútil, do qual o elfo esquivou-se, graciosamente, cortando-lhe a garganta, em um gesto rápido.

O último havia perdido algum tempo tentando tirar o arco que carregava no ombro e montar uma flecha nele, mas não terminou quando todos estavam mortos e as adagas do elfo apontadas para sua garganta.

—Preciso que você responda rápido e concisamente o que vou lhe perguntar, já passei por muita coisa e não sou o melhor exemplo de paciência no momento. Talvez eu até deixe você curtir a vida por mais um tempo. —O homem assentiu, quase imperceptivelmente, para não se cortar nas armas do elfo, encostadas na sua garganta, mas não conseguiu evitar que um fio de sangue lhe escorresse pelo pescoço. —Diga-me quantos são, quem manda neste circo e quem os contratou para o negócio do unicórnio, dê-me todos os detalhes que puder e se eu cheirar que você omite alguma coisa, você vai acompanhar seus amigos no lugar para o qual vão imbecis quando morrerem. —O homem assentiu, energicamente, estimulado pela veemência do elfo.

—Somos uns vinte, mais ou menos, o chefe é aquele ali, o da espada longa, ele liderava o grupo, somos mercenários de Talandart...

—Talandart é muito longe, não tem unicórnios lá?

—Unicórnios? —O homem pareceu surpreso—fomos contratados para matar um elfo... você, suponho...

Uma flecha perfurou as têmporas do homem, impedindo-o de terminar de falar. Mais dois projéteis seguiram o primeiro, mas, desta vez, na direção do elfo, que os afastou com suas adagas em um único movimento.

O elfo guardou suas armas e correu para se proteger nos arbustos, enquanto alguma outra flecha ocasional passava bem perto dele.

O atacante usava um manto élfico, semelhante ao do elfo, o capuz impedia de ver bem o rosto. Usava um par de adagas e carregava uma cimitarra fina na cintura. O elfo pensou que ele estava lutando contra seu reflexo.

O atacante misterioso finalmente tinha decidido encerrar o assunto, os jogos e sutilezas haviam ficado para trás.

O elfo corria em círculos, aproximando-se, mantendo o atacante no centro, sempre à direita. Mais algumas voltas e seria o momento certo para atacá-lo com todo o seu potencial. No entanto, seja porque ficou sem flechas, seja porque sabia da armadilha, o esquivo personagem se lançou sobre ele, materializando-se, ao seu lado. O elfo teve que trabalhar duro para se defender.

Feitiços de transporte não eram estranhos para ele, mas bem usados por alguém habilidoso, eles poderiam ser letais. O desconhecido realmente era um inimigo digno, cheio de surpresas.

O atacante usava um manto élfico, semelhante ao do elfo, o capuz impedia de ver bem o rosto. Usava um par de adagas e carregava uma cimitarra fina na cintura. O elfo pensou que ele estava lutando contra seu reflexo.

Mas, o atacante era obviamente um humano, pois não emanava a aura mágica natural dos elfos. No entanto, sua habilidade corpo a corpo era incrível. Investidas e fintas choviam de ambos os lados, dando a impressão de uma dança bem coordenada de antemão.

O elfo tentava ver o rosto do assassino, mas só havia notado que o metido e arrogante estava rindo, gostando de tudo, tanto que teve a habilidade de chutá-lo no peito e se empurrar para trás, voando tão leve quanto uma pena, guardando as adagas e lançando um monte de armas de arremesso, ao mesmo tempo em que pousava com uma cambalhota suave. Um luxo.

O elfo manobrou, torcendo seu corpo e girando sua capa, detendo muitas das lâminas e esquivando-se das outras. Com uma última torção da vestimenta, arremessou-as de volta para seu dono, que desapareceu novamente para se materializar perigosamente perto dele, punhais na frente.

Alguns anos antes, aquele humano poderia tê-lo matado, mas agora, ele estava cheio de recursos. Então, o elfo ativou sua aceleração e desviou do ataque, lançando um golpe que, contra todas as probabilidades, o atacante aparou com uma de suas armas.

Ambos os lutadores tomaram espaço e respiraram, por um momento. O elfo, com alguma frustração, o outro, todo sorridente. O combate estava em empate, ainda. Não muito longe, uma música quebrou o silêncio que se instalou na mata. O assassino riu, enquanto seu corpo girava como fumaça e começava a desaparecer.

A chamada para o unicórnio tinha começado ou assim parecia. A essa altura, era difícil confiar no que estava acontecendo, tudo parecia uma armadilha gigantesca e bem articulada, mas ainda não se sabia para quem fora armada. Guiado pela voz melodiosa, o elfo corria o mais rápido que os arbustos e trepadeiras permitiam, atento aos detalhes para não receber outra surpresa.

Por fim, a vegetação fechada acabou abruptamente, dando origem a uma ampla clareira, como se alguém tivesse limpado uma vasta área, deixando apenas manchas de grama verde. À sua direita, crescia um carvalho que devia ser um dos maiores e mais antigos, estendendo-se os seus ramos para além da orla da clareira, a sua vasta sombra era provavelmente a razão pela qual outras plantas não cresciam nas proximidades.

Parte de suas raízes estava submersa em um buraco circular, não muito largo, mas cuja profundidade era difícil medir a olho nu.

De uma raiz que se projetava muito para fora do solo, a jovem aldeã cantava, com voz melodiosa, como se quisesse encantar o próprio rei de todo o continente. Fazia isso fantasticamente bem. Era preciso dizer, a seu favor, que seu canto era digno de atrair qualquer rebanho de bichos mágicos que ela desejasse. Se ela realmente fosse virgem, os unicórnios poderiam cruzar o mar só para ouvi-la.

Para seu pesar, o elfo descobriu que tinha ficado enfeitiçado por alguns segundos, poucos, mas importantes. O suficiente para não conseguir escapar da rede que caía sobre ele. A aceleração era uma vantagem que ele só poderia usar algumas vezes antes de ser forçado a esperar para recarregar magia suficiente para usá-la novamente, por outro lado, a rede era excessivamente grande.

Caolho sabia fazer seu trabalho muito bem. Não era hora de congelar, então, o elfo sacou sua cimitarra e girou, para dar mais força ao golpe, mas ao fazer isso, Yago decidiu que era um bom momento para atirar nele com uma besta dupla.

A manobra permitiu que o elfo cortasse parte da rede e ficasse de frente para o atacante, o suficiente para partir em dois um dos dardos com o mesmo corte, o outro projétil, infelizmente, o atingira e ficou preso na sua coxa esquerda. Ao mesmo tempo, um terceiro dardo o atingiu na nádega direita. Ignorando a dor dos ferimentos, o elfo arrancou o dardo disparado traiçoeiramente e olhou para a ponta, sentindo o cheiro do veneno.

"Muito inteligente, coordenado" pensou o elfo "e também muito descuidado da minha parte". Tanto tempo de sedentarismo estava cobrando seu preço. Ele virou-se, lentamente, lutando contra a rigidez que começava a tomar conta de seu corpo e olhou para o assassino, que acabara de se materializar, atrás dele. "Esse cara é muito perverso. Que tipo de psicopata atira na bunda de alguém? Vou levar isso para o lado pessoal", pensou o elfo, antes de cair, todo esticado, no chão.

Da sua posição, ele pôde ver a jovem aldeã que tinha parado de cantar e cobria-se a boca com as mãos, para não gritar, com os olhos arregalados de medo. A praga de "Tolenãoseiquantos" se manifestou em algum lugar impreciso, perto de sua cabeça. Yago recuperou seu dardo, sem muita consideração; o assassino havia se posicionado perto de seus pés e o cheiro de Aa a localizava em alguma posição atrás de suas costas, aonde ele não podia vê-la. Aa, isso doeu nele.

—Esse maldito estragou a minha rede! —Caolho lamentava-se a plenos pulmões, como se um pedaço tivesse sido cortado dele. Os demais o ignoravam totalmente, todos estavam atentos ao elfo.

—Na minha opinião, é melhor matá-lo agora, ele é muito perigoso. —falou uma voz desconhecida, provavelmente pertencente a Yago, quando o homem tinha disparado a sua besta, o tinha feito com más intenções.

—Ninguém falou nada sobre matar, —Aa tinha um tom inquieto na voz, —a ordem era pegá-lo vivo!

—Claro que vamos levá-lo vivo! —ressoou uma voz, com sotaque frio, de outras terras, uma voz cheia de segurança e ameaça, —não trabalhei tanto para, agora, matá-lo, indefeso, no chão. Se eu quisesse que ele morresse, ele já estaria morto. —Evidentemente, era o assassino quem falava, confiança demais nas suas habilidades.

—Ele ferrou a minha rede! —O caolho continuou a protestar, alheio a tudo que não fosse sua rede, era evidente que tinha pagado muito por ela.

—Fecha essa matraca de uma vez! —gritou o gordo. —Com a quantia que você vai ganhar, você pode comprar uma rede nova, com praia e peixe incluídos, se quiser! E por falar em lucros, acho que cumprimos a nossa parte do acordo, este é o local ideal para finalizarmos as nossas transações.

—É, —a atmosfera, de repente, ficou tensa, se o contratante fosse tão imprevisível quanto perigoso, todos deveriam estar se borrando de medo.

—Aqui está. —Ouviu-se o som de uma lâmina saindo da bainha. —Esta gota do meu sangue no pergaminho será suficiente. Quando vocês estiverem em um lugar seguro, basta que cada um faça o mesmo e a quantia acordada aparecerá diante de você. Eu assumo daqui.

—Um momento! —o gordo falou, desconfiado. — Como sabemos que você não está nos passando a perna?

—Eu derramei uma gota do meu precioso sangue, em vez de matar todos vocês e deixar aqui seus corpos para os abutres se alimentarem! Considerem-se sortudos porque a reputação de meu senhor vale mais do que suas sujas ofensas! Peguem o pergaminho e sumam daqui!

Um borrão na visão periférica do elfo revelou que o Caolho estava se preparando para tirar a rede dele para guardá-la. Os sinais de alguém invocando alta magia chegaram até ele, desde a posição do assassino, provavelmente um feitiço para transportá-lo para outro lugar, a julgar pelo encantamento. De repente, a jovem aldeã deu um grito abafado. O elfo, que até o momento tinha mantido os olhos fixos para frente, mas, mantendo a garota dentro do seu campo de visão, ficou atordoado. Um silêncio total encheu o lugar.

Tinha vindo um unicórnio.

Caolho pensou ter percebido um movimento improvável e voltou sua atenção para o elfo, só para descobrir que o mesmo estava com a mão fechada em punho e a lâmina de uma faca de arremesso projetava-se entre os dedos.

—Eu sabia que você morreria primeiro, —sussurrou o elfo e enfiou a lâmina no ponto em que a mandíbula encontra o pescoço. Surpreso, Caolho começou a ofegar e cometeu o erro de puxar a lâmina, desencadeando uma avalanche de sangue, com sua tolice.

A partir daí, tudo aconteceu numa velocidade surpreendente. Yago tentou sacar algumas armas de arremesso, mas ficou com elas nas mãos, o elfo já havia jogado as suas, enquanto dizia "sou mais rápido".

O elfo, dando uma cambalhota acrobática, pegou a sua cimitarra e atacou o assassino, que tinha ficado petrificado, no meio do feitiço. O assassino mal teve tempo de reagir e pegar a cimitarra do elfo entre as palmas das mãos e, com um olhar frio, balançou a cabeça, suavemente, em desaprovação.

O elfo decidiu que estava farto daquele cara, então, cuspiu nos olhos dele e o chutou com força, na virilha. O assassino ficou fora de combate.

—A gente conversa mais tarde! —falou o elfo para o assassino que se retorcia no chão. Encarou o gordo que, se pudesse, teria feito um buraco na terra para desaparecer como uma toupeira. O homem ergueu as mãos, em sinal de misericórdia, enquanto tentava gaguejar alguma coisa.

—Eu avisei que não tolero bem o assédio! —falou o elfo, com calma e, sem mais delongas, decapitou o gordo, com um gesto quase impossível devido ao nível de precisão exigido.

Aa estava sentada no chão, com as pernas cruzadas e observava o unicórnio, rendido, vulnerável, com a cabeça no colo da garota "sequestrada". A jovem acariciava a criatura, sem saber mais o que fazer com ela.

O elfo estudou Aa, com sentimentos confusos. A sanidade gritava-lhe que deveria fornecer-lhe o mesmo tratamento que ao gordo, mas, em momentos como esses, era quando ele só via a humanidade dela, simples e imperfeita.

O elfo sentiu o assassino se recuperar, detrás dele. Decidiu que Aa poderia esperar.

—Nunca vi tanta desfaçatez, nem artimanhas tão sujas numa briga! Achei que você fosse mais profissional! —disse o assassino, ainda segurando-se à virilha, enquanto desembainhava uma cimitarra muito parecida com a do elfo.

—Sempre há uma primeira vez! —o elfo respondeu, sarcasticamente. —É uma das desvantagens que os humanos têm, como muitas outras que pretendo te demonstrar, agora que sei quem você é.

Uma expressão sombria apareceu, por um momento, no rosto do assassino, mas logo passou. As suas feições voltaram a formar uma máscara indecifrável, com um sorriso animalesco.

—Não acho que você saiba quem eu sou, —respondeu o assassino, —e duvido que você tenha outra chance de demonstrar nada.

—Teria sido idiotice tentar lhe matar enquanto você rastejava no chão, segurando as suas bolas, —comentou o elfo. —Aquele feitiço de salto, do qual você tanto abusa, impede que uma arma normal lhe machuque. Já ando por esse mundo há muito tempo para não reconhecer certos tipos de magia só de vê-las. O mesmo acontece com os venenos. Ao longo dos anos, tenho me preparado bem para várias peçonhas e a que você usou para me paralisar é uma das mais simples de neutralizar. Como filho de um feiticeiro, você deveria ter se preparado melhor.

O assassino estremeceu, de surpresa. O elfo começou a cercar seu oponente, enquanto o assassino, acompanhando seu jogo, movia-se, por sua vez, ambos descrevendo um círculo mortal.

—Sim, eu sei que você é filho de Urmath, —soltou o elfo. —Ele não pode sair dos seus domínios, eu cuidei disso o dia que ele conseguiu me derrotar e eu tive que fugir daquelas terras. Este fato não deveria ser do conhecimento de ninguém, porém, ela, —apontou para Aa, —sabe disso.

O elfo fez girar a lâmina da sua cimitarra, no seu punho. O assassino imitou o movimento.

—Acontece que a isca perfeita e o melhor assassino coincidem no mesmo lugar onde estou, —continuou o elfo. —Seria estúpido não fazer as contas. Devo admitir que se esforçaram muito para serem convincentes, —apontou a lâmina para o corpo, sem cabeça, do gordo, —mas, dava para sentir o cheiro da armadilha no ar. Se acompanhei esse jogo, foi apenas para descobrir onde tudo isso estava levando. Embora ainda esteja intrigado com a questão do unicórnio.

A criatura, sentindo-se referida, ergueu a cabeça e prestou atenção aos combatentes. Balançou a cabeça, fazendo flutuar, no vento, suas crinas prateadas.

—Parece que uma mentira soa melhor quando misturada com algumas verdades. —O elfo trocou a arma para a mão esquerda, usando a empunhadura invertida, agora a ponta aguda da cimitarra apontava para o chão. —Urmath é o único que poderia pagar uma quantia tão ridícula por um trabalho, só que ele estava tentando matar dois coelhos com uma cajadada só. Então, como ele não pode vir, ele mandou você no seu lugar. Alguém que ele tem certeza de que não vai falhar, que não vai escapar com sua riqueza e que me conhece bem o suficiente para me imitar, com bastante precisão, deve ser dito.

O elfo estudava meticulosamente a postura de seu oponente. Procurava uma brecha na defesa do assassino.

—Um filho, —o elfo decidiu ele mesmo criar a brecha desestabilizando seu rival, —jamais imaginei que aquele velho decrépito fosse capaz de engendrar uma vida. Pelo que vejo, sua obsessão foi tão longe que ele transformou você à minha imagem. Muito distorcido da parte dele, mas seu pai não me conhece tão bem quanto pensa, e isso faz de você um experimento incompleto.

O elfo parou de andar. Com uma velocidade extraordinária, embainhou a cimitarra e gesticulou, brevemente, um feitiço de transporte, com a mão direita. A alabarda se materializou na sua frente, pronta para ser usada.

—Vou te mostrar a diferença de nível entre nós, — anunciou o elfo.

O assassino pareceu surpreso com a aparição da nova arma na mão do elfo, mas, em um instante, se repôs. Seu rosto voltou a exibir o sorriso sinistro.

—Mostre-me! —convidou o assassino. Ágil e rápido como uma cobra, atacou o elfo que, por sua vez, dando giros com sua alabarda, defendeu todos os ataques, um após o outro. Foi uma defesa extraordinária, difícil de penetrar, por mais que o atacante tentasse.

O elfo não esperou muito para partir para a ofensiva, então, seu oponente viu-se em sérios apuros. Ninguém deveria ser tão rápido com uma arma tão longa, mas a clareira na floresta dava vantagem ao elfo que podia se mover livremente, sem o impedimento dos arbustos.

O suposto filho de Urmath só conseguia desviar de um ataque após o outro, sem encontrar um ponto através do qual pudesse dar um golpe. Cada vez que ele tentava se aproximar para ganhar vantagem em um corpo a corpo mais próximo, a alabarda, como num passe de mágica, encurtava seu alcance e depois se estendia novamente para mantê-lo afastado. Não havia nenhuma maneira humana de manter aquele ritmo de luta e seria uma questão de tempo até que o elfo conseguisse feri-lo com aquela arma formidável, provavelmente imbuída de alguma magia capaz de causar muitos danos.

O assassino, percebendo uma oportunidade na brevíssima pausa entre a combinação de golpes do elfo, ativou a habilidade de salto, procurando aparecer num ponto inesperado para surpreender seu inimigo. Porém, quando se materializou, quase bateu na lâmina da alabarda que já apontava na sua direção.

Tentou várias vezes a mesma manobra, mas obtendo sempre o mesmo resultado, o elfo parecia capaz de adivinhar em que lugar ele apareceria a cada vez, então, abandonou essa estratégia. Fez uma finta e tentou chutar o peito do elfo para impulsionar-se, mas ele bloqueou o pé, forçando-o a usar a haste da alabarda como pivô, mas, pouco antes de ganhar impulso, o elfo, que já conhecia a manobra, empurrou-o em um ângulo estranho, impedindo-o de girar no ar e cair de pé.

O assassino teve que se contentar com um pouso difícil e inseguro e, para sua maior surpresa, antes que pudesse se recuperar totalmente, seu inimigo estava sobre ele, colocando-se ao alcance da cimitarra, como se desdenhasse a vantagem obtida. Mesmo assim, quando pensou que uma distância mais próxima melhoraria suas chances, o elfo, piscando para ele, aproveitou a curta distância para varrer seus pés com o extremo da haste e chutá-lo no abdômen, enquanto caía, fazendo-o bater violentamente contra o tronco do carvalho, e logo espeto-o no ombro esquerdo com a alabarda, deixando-o preso a uma altura em que não conseguia ficar de pé completamente, nem apoiar o corpo no chão, sob pena de rasgar a sua carne para cima ou para baixo.

—Primeira regra básica para um assassino: conheça seu inimigo como a você mesmo! —disse o elfo. —Como você pode ver, esta é uma arma especial, cuja lâmina irá te machucar se te tocar, não importa qual feitiço te proteja. Não é que eu não pudesse te vencer com as adagas, mas queria te medir com isso —continuou o elfo, tirando a alabarda e deixando o assassino cair de cara no chão.

O caído tentou estancar o sangramento com a mão direita enquanto laçava um olhar de ódio contra o elfo. Entendeu que tinha sido derrotado.

—Eu ainda não tinha esta arma quando enfrentei seu pai —falou o elfo, enquanto mostrava a alabarda no seu braço estendido, —e parece que você devia ter atualizado seus conhecimentos. Enfim, prometi a mim mesmo que arrancaria sua cabeça pelo desconforto que você me fez passar...

O elfo fez girar a arma no seu punho para fazê-la ganhar impulso e deu um passo em direção a homem caído. Deteve o movimento quando a lâmina estava prestes a acertar o pescoço do assassino.

—Mas, mudei de ideia, —falou o elfo, —o mundo promete ser mais divertido com você no tabuleiro. Encontre uma alabarda e pratique se estiver tão interessado em imitar minhas artes e então veremos se cumpro minha promessa ou não. De qualquer forma, posso me dar ao luxo de esperar alguns anos. Posso ter a honra de saber seu nome?

—Urmadoth, filho de Urmath, neto de Morak! E esta não será a nossa última batalha, elfo.

O assassino, com o rosto marcado pela dor, ficou em pé, orgulhoso, apesar da derrota. Pegou sua cimitarra e embainhou-a com um gesto preciso. Depois se abaixou para pegar o pergaminho de recompensa que rolava, devagar, pelo chão, impulsionado pelo vento.

—Isso fica aqui! —rosnou o elfo, prendendo o pergaminho com a alabarda, perigosamente perto da mão que o filho do feiticeiro tinha estendido.

—Se isso o satisfaz, —disse Urmadoth, recuperando seu tom cínico, —você pode ficar com ele. O que são riquezas comparadas à vida?

Aa estremeceu, como se estivesse acordando de um sonho. Com um grito histérico, ele se lançou sobre o elfo e tentou arrancar-lhe a arma.

—Não! Mate ele! Mate ele! —mas o assassino já desaparecia, numa nuvem de fumaça esverdeada, deixando, no ar, o som de sua risada sinistra.

O elfo segurou o braço da garota com uma das mãos e puxou-a bruscamente enquanto, com a outra, tentava manter a arma fora do alcance dela. Aa chorou inconsolavelmente e, para surpresa de todos os presentes, seu rosto começou a mudar. A suavidade de sua pele perdeu o brilho, olheiras emolduraram seus olhos que se afundavam em duas órbitas escuras como poços sem fundo, suas bochechas emagreceram a ponto de sugerir o formato de dentes, enquanto seus lábios racharam, desidratados. O cabelo caiu em tufos, deixando mechas esparsas e emaranhadas. A pele estava cheia de hematomas. Sangue espesso escorreu por entre suas pernas, manchando os trapos com que estava vestida.

Na frente do elfo ficou apenas a imagem tenebrosa do que Aa realmente era. Ali estava a aparência real daquela pessoa, refletindo uma vida de abusos, maltrato e privações. A aparência que a magia havia, de alguma forma, restaurado, agora tinha sumido e só ficou todo o horror acumulado durante anos.

—Aa… —o elfo tentou se aproximar, mas o que tinha sido Aa o impediu, com um gesto firme.

—Não me olhe! —as lágrimas corriam, incontrolavelmente. —Isso é culpa só sua!

O elfo olhou para ela, com uma expressão impassível. Uma tristeza incomparável surgiu em seu coração, mas ele não sabia como expressá-la. Ele lutou durante toda a sua vida para subjugar esse tipo de sentimento e, mesmo para as medidas élficas, tinha sido uma vida longa.

—Então era disso que se tratava, —lamentou ele, —agora, eu entendo.

O elfo aproximou-se e abraçou aquele corpo zurrado, ignorando à luta de Aa, que protestava e lhe batia com os punhos, rejeitando o consolo inútil que não lhe devolveria a beleza perdida. No final, ela se rendeu, em soluços lamentáveis.

—Eu não quero isto! Eu não quero isto!

De repente, seu choro mudou para respiração difícil, entrecortada e temerosa. O elfo, preocupado, a observou, temendo que ela morresse em seus braços e viu que Aa fixou seu olhar assustado em um ponto, atrás dele. Se Aa tinha ficado assustada, ele ficou atordoado. O unicórnio, até então tão impassível que tinha passado praticamente despercebido, estava ali, do lado deles, galante como a estátua de um herói.

O vento soprou forte, agitando emanações de uma magia arcana, desconhecida até pelo próprio elfo, que se separou de Aa, abrindo espaço para a criatura. O unicórnio, por sua vez, aproximou-se de Aa, que estava estupefata e tinha parado de chorar para contemplar aquela imagem onírica. A criatura, inclinando-se, tocou o peito da mulher, com seu chifre. Um brilho mágico expandiu-se do local de contato, abrindo-se como uma estrela, envolvendo os detalhes do ambiente em seu brilho, cegando a visão, para desaparecer, tão repentinamente quanto havia começado.

Aa estava sozinha. Tinha sido totalmente curada.

Do unicórnio, não havia sinal. Na distância, escutou-se o que parecia ser um relincho distante e antinatural, totalmente diferente do que faziam os cavalos.

A jovem, ainda prostrada no chão, procurou o elfo, com olhar ansioso, mas ele sorriu para ela com uma tranquilidade tão neutra que a assustou. Quando ele finalmente falou, suas palavras revelaram o que ela mais temia.

—Não posso deixar de ficar feliz que as coisas terminem assim, —disse ele, pegando sua alabarda e dividindo-a em três seções, como fazia costumeiramente. Ele pegou o pergaminho, ofereceu-o para a jovem. —Não se sinta mal por nada do que aconteceu, hein? Não há ressentimentos. Aqui você tem riqueza mais do que suficiente para viver mais de uma vida humana. Aa, por favor, esqueça de mim, procure começar de novo e tenha uma vida feliz. Espero que não nos encontremos novamente.

—Eu preferiria que Urmath te matasse do que viver uma vida sabendo que você está aí fora e não comigo! Não posso continuar sabendo que você está vivo e sem mim, elfo! Por favor, não vá embora de novo! Elfo! Elfo!

Mas, o elfo não deu atenção e continuou seu caminho, fechando o coração aos gritos de protesto de Aa. Ele sabia que nada de bom aconteceria com ele se permanecesse ao lado dela. Provavelmente nada de bom resultaria de sua partida, mas sua vida tinha sido marcada pelo desespero, esquecimento e vingança. Coisas que são difíceis de carregar para outra pessoa. Ficar era condenar Aa, de uma vez por todas. Na verdade, ele não guardava rancor dela, afinal ela era, apenas, humana.

Aa estava um turbilhão de raiva e frustração. Pegou o pergaminho nas mãos, apertando-o, como se quisesse rasgá-lo em mil pedaços, mas, pensou melhor. O desejo de destruir não era tão grande assim. Para receber a recompensa, ela teria que ir para um lugar seguro, no qual pudesse projetar seu futuro com muita inteligência e mente tranquila. Lembrou-se de que a jovem virgem ainda estava ali, sentada atrás dela e com toda a dissimulação que pôde, procurou, no chão, alguma arma que tivesse sido esquecida. Era melhor não deixar pontas soltas.

—Você não precisa fazer isso, —falou a garota. —Matar-me, quero dizer, —continuou a jovem aldeã como se tivesse adivinhado os pensamentos da outra, —acho que tenho muito que aprender com você e que podemos fazer muitas coisas juntas se você me ensinar alguns truques.

Aa virou-se para ela, fingindo surpresa.

—Se você não quiser compartilhar o que tem aí, — disse a garota, ficando em pé e andando, devagar, em direção à Aa, —eu entenderei. Podemos voltar para a casa dos meus pais e mostrar você como minha salvadora casual, receber alguma recompensa, o que nunca é demais e então, sairmos escondidas, à noite e dividir o dinheiro. Você não precisará confiar em mais ninguém, podemos, apenas, ser você e eu, contra o mundo... ou algo parecido.

A garota sorriu, fazendo cara de boba ingênua, antes de sacar uma adaga que se sabe lá como tinha ido parar em suas mãos e mudar sua expressão para uma de total malícia. Pegando a arma pela lâmina, ela a ofereceu à Aa, que sorriu, de volta.

—Fique com ela! —disse Aa. —De agora em diante, você, provavelmente, vai precisar.

O elfo chegou ao local em que as montarias estavam amarradas. Toumuitomorto e seus rapazes não tinham deixado muito equipamento, mas, pelo menos, ele poderia vender os cavalos e ganhar algum dinheiro com isso. Essa era a sua melhor virtude: encontrar, sempre, uma maneira de remediar as coisas. Se você olhasse com atenção, sempre conseguiria tirar algum proveito de cada situação, é uma questão de saber observar.

Deu um nó nas rédeas de todos os animais e, amarrando-os à sela, saiu em busca de um caminho que o levasse a outra cidade. Torcasblancas tinha sido bom, mas, depois desta aventura, já não seria a mesma coisa. Ele montou em seu cavalo e andou, em ritmo acelerado, procurando uma elevação da qual pudesse dominar a paisagem circundante, para ver se conseguia encontrar uma rota próxima. Não foi difícil avistar uma estrada larga e clara que desaparecia para o Norte, fazendo numa curva.

Um carroceiro apareceu em seu campo de visão, provavelmente alguém viajando em direção à cidade. De repente, Aa apareceu na frente do viajante. Ele podia reconhecê-la pelos trapos ensanguentados. Aparentemente, ela estava tentando se passar por uma donzela em perigo, certamente enganaria o carroceiro, de alguma forma, para que lhe desse carona. O papel de vítima estava indo muito bem para Aa, pois o homem correu para ajudá-la quando a viu desmaiar.

O elfo decidiu esperar ali para ver se iam para a cidade. Não importava a direção que eles tomassem, ele escolheria o oposto.

Embora soubesse que Aa era uma caixa de surpresas e que qualquer coisa poderia ser esperada dela, o elfo não pôde deixar de erguer uma sobrancelha ao vê-la agarrar, com força, o pescoço do suposto salvador. A outra jovem chegou, correndo e esfaqueou, várias vezes, o pobre carroceiro.

As duas começaram a pular e comemorar, abraçando-se, enquanto o homem ainda se debatia no chão, sangrando, profusamente. Passada a alegria, subiram na carroça, lançando olhares furtivos em todas as direções. O cavalo, muito cúmplice, aceitou suas novas donas e deixou-se guiar no sentido oposto ao da cidade, enquanto o anterior dono acabou por morrer no meio da estrada.

"Bem," pensou o elfo, "no final, há coisas que não têm remédio, mesmo".

RITOS DE PASSAGEM

O cervo gigante pastava, na grama, ainda molhada pelo orvalho. Os raios da alvorada começavam a tocar as copas das árvores da floresta próxima. Um som incomum disparou os afiados reflexos do magnífico animal, que levantou a cabeça, adornada com enormes cornos, para olhar seu entorno. Nesse momento, a flecha o alcançou no pescoço, embaixo da orelha. Tentou escapar dando um pulo descomunal, mas, a sua força e vida esvaíram-se pela ferida.

Três jovens emergiram da margem da floresta e caminharam na direção do cervo caído. Iam cobrar a peça.

—Incrível! Como você sabia que o animal ia levantar a cabeça nesse exato momento? —perguntou Nir, o mais baixo dos três, enquanto tentava arrumar a sua capa de *yposak* de druida, que era, no mínimo, um tamanho maior do que o pequeno garoto devia vestir.

—Você fez os cálculos mentalmente? —falou Topeg, procurando algo na enorme mochila, que ele carregava, sem esforço, devido à sua grande estatura e musculatura bem desenvolvida. As costuras da sua túnica de *yposak* de artífice pareciam que iam explodir em qualquer momento.

—Não sei explicar, —respondeu Lavir pondo, por precaução, um novo projétil na corda do seu arco, —a gente simplesmente sabe quando soltar a flecha. —O jovem era de estatura média, esguio, a sua beleza, quase élfica, estava afetada por uma enorme cicatriz que cruzava seu rosto, desde a linha do cabelo escuro, passando pela ponte do fino nariz, até a bochecha direita. Vestia a capa de *ypo* a caçador.

—É instinto, —comentou Nir, —sem dúvida, você será um excelente caçador.

O três chegaram até o local em que o animal dava o seu último suspiro.

—Dediquemos um instante para agradecer para este majestoso megaloceros por ter dado a sua vida para podermos continuar vivendo, —falou o *yposak* de druida, em tom solene.

—Melhor deixar as cerimônias para depois, —falou Topeg, em tom meio azedo, enquanto ensamblava umas vigas de madeira que tinha sacado da sua mochila, —este cervo pesa mais do que consegue suportar a maca que trouxe comigo. Segundo os meus cálculos, a jornada de volta até o acampamento vai nos custar quase o dia inteiro caminhando pela floresta.

Nir abriu a boca para falar alguma coisa, mas, Lavir respondeu antes.

—Eu também não quero ficar tempo demais nestes lugares, enquanto seguíamos o rasto do cervo, vi pegadas de lobo e também de urso, além disso, os trasgos da floresta, às vezes, aventuram-se por estas regiões, especialmente nesta época do ano. Mas, não podemos deixar de fazer as cerimônias adequadas, isto também faz parte dos nossos ritos de passagem e é a lei da floresta.

—Podemos, pelo menos, abrir o bicho e deixar aqui os intestinos e outras coisas supérfluas? —teimou Topeg.

—Não, a regra é clara: os candidatos têm que seguir o rastro, matar e levar de volta ao acampamento uma presa que seja maior do que o membro mais alto do trio, —lembrou Nir.

—Além disso, tudo, neste cervo, se aproveita, —comentou Lavir, —com o intestino grosso curtido fazem-se fios para suturar feridas, com o intestino delgado...

—Já entendi, já entendi, —interrompeu Topeg, pondo a maca já completamente ensamblada do lado do animal, —vamos começar a cerimônia duma vez.

Os três fincaram o joelho esquerdo na terra e apoiaram a mão direita sobre o corpo do megaloceros. Fizeram um instante de silêncio respeitoso enquanto rezavam, mentalmente, a El Mágico e às deidades adequadas. Depois, enquanto o *ypo* a caçador lavava o sangue derramado na pele do cervo, o *yposak* de druida sacou um pó vermelho de uma das muitas bolsinhas de couro que tinha no cinturão e, recitando umas palavras na língua primordial, desenhou, na testa do animal, um sinal composto de linhas que se juntavam em ângulos agudos.

—Algum desses rituais vai deixar o bicho mais leve? —resmungou Topeg, mensurando as dimensões da presa com a sua corda marcada.

—Não, mas limpar o sangue da ferida vai evitar que todos os predadores da floresta venham para cima de nós —replicou Lavir, com a sua voz monótona.

—Essa runa vai impedir a decomposição do cadáver? —perguntou o *yposak* de artífice enquanto pegava uma magnífica machadinha de truque, forjada em aço e com incrustações em bronze.

—Não é uma runa, —respondeu Nir, —é um ogham. Ferreiros, armeiros e artífices usam runas, os druidas usamos oghams. E, não, este sinal não vai deixar a carga mais leve nem vai evitar a decomposição da presa. Este ogham é para mostrar para os espíritos da floresta que, respeitosamente, usaremos o que nos é oferecido.

—Bom, respeitosamente, vou cortar umas madeiras para reforçar a maca —falou Topeg enquanto andava a passos largos em direção à floresta.

—Vou com você, para lhe ajudar a selecionar a melhor madeira. Nir quase teve que correr para alcançar o *yposak* de artífice.

Lavir ficou junto da presa, vigiando as proximidades, seu arco e flecha prontos para entrar em ação. Observou seus companheiros de caçada discutir um pouco sobre qual árvore cortar. Diferentemente dele, que era um simples *ypo*, seus colegas eram *ypo-SAK*, ou seja, se eles passassem satisfatoriamente pelo rito de passagem, seriam reconhecidos como aprendizes nas suas respetivas guildas e ordens místicas, começando uma vida estudos, relativamente confortável e segura. Esses dois não tinham nem ideia do que era o mundo real, do lado de fora das suas cidades amuralhadas e florestas sagradas.

Finalmente, Topeg levantou os ombros e pôs a sua machadinha em movimento. Com grande rapidez e agilidade, transformou uma árvore jovem em um carregamento de vigas de madeira. Frequentemente, mensurava-as com a sua corda marcada para ter certeza de que teriam as dimensões ideais. Antes que o orvalho matinal tivesse secado por completo, os dois rapazes voltavam, com o carregamento de madeiras. O vento levava a conversa até os aguçados ouvidos do candidato a caçador.

—Sim, —falava Nir, —druidas muito sábios conhecem maneiras de fazer levitar cargas inertes ou entrar na mente dos animais ou até se transformar em lobo ou urso, mas, como você pode imaginar, não ensinam esses conhecimentos a simples candidatos a aprendiz como eu. Por acaso, na sua guilda, ensinam para os candidatos a aprendiz como fazer aqueles famosos autômatos de metal, capazes de andar sozinhos?

—É claro que não, —respondeu, meio irritado, Topeg, enquanto andava com a carga de madeiras no ombro, — somente os grandes mestres atesouram e ministram esses conhecimentos, mas, ao menos, aprendemos a preparar as ferramentas certas para cada trabalho.

—Falando em ferramentas, —continuou Nir, quase correndo atrás do seu companheiro, —essa sua machadinha de truque é um trabalho de alta qualidade.

—Sim, —Topeg estufou o peito, com orgulho —é uma relíquia da minha família. Meu tataravô forjou-a como prova final para ganhar o título de artífice do aço e da madeira, em Ferroburg. Os mestres anões ficaram tão impressionados com a qualidade do trabalho que gravaram as suas runas na peça. Desde então, todos os homens da minha família trazem-na, para nosso rito de passagem. Até agora nunca nos falhou —ao terminar essa última frase, deixou cair a carga de vigas de madeira recém- cortadas do lado do cervo e imediatamente, começou a usá-las, para reforçar a maca.

—Esse teu arco é também herança de família, Lavir? — perguntou Nir.

—Eu sou das aldeias do Sudeste, nosso povo sofre, constantemente, ataques de bandidos dispostos a roubar até os pregos das portas, dificilmente um de nós tem alguma herança. Dependemos do que podemos construir e defender. Eu mesmo fiz este arco, —mesmo com o tom monótono de Lavir, o sentido depressivo das suas palavras cortou a tendência tagarela do *yposak* de druida.

Os três trabalharam em silêncio para pôr e atar a enorme presa à maca. A tarefa consumiu uns bons vinte minutos.

—Pronto, —falou Topeg triunfal, —eu vou levar a parte traseira e vocês irão na frente, assim Lavir poderá nos guiar melhor. Peguem estas almofadas que preparei, vão servir para compensar nossas diferenças de estatura. Todos levantaram a sua preciosa carga e iniciaram a jornada de retorno.

Depois de três horas de caminhada pelas trilhas da floresta, o aspirante a aprendiz de druida estava encharcado de suor. As suas pernas tremiam a cada passo. Tinha parado de falar e respirava pesadamente. O trio chegou numa pequena clareira na floresta.

—Vamos descansar um pouco, —sugeriu Topeg, —ou o nosso pequeno druida vai se transformar em uma lesma antes de chegarmos na metade do caminho.

Lavir observou seu companheiro, a última coisa que queria, nesse momento, era parar no meio da floresta, fazia algum tempo que sentia que estavam sendo vigiados, mas, a condição do Nir era deplorável. Apesar do seu estado, o pequeno garoto replicou:

—Eu posso continuar, pelo menos, quatro horas antes de descansar...

—Se você desmaiar, vamos ter que te carregar, —falou, zombeteiro, o *yposak* de artífice, —pois, se chegarmos no acampamento faltando um no grupo, vamos ser desclassificados e a minha maca já está no limite, não vai suportar nem o pouco que você pesa.

—Vamos parar um pouco, —concedeu Lavir.

Os rapazes colocaram, com cuidado, a carga no chão. Nir caiu, ofegante, sobre o seu próprio traseiro. Topeg sentou-se do seu lado, sorrindo e ofereceu—lhe um gole do seu cantil prateado. O *yposak* de druida deu um longo gole e tossiu na hora, com a cara vermelha.

—Este é o mais requintado "aguardente da forja", —falou Topeg, entre gargalhadas, —vai te encher de fogo por dentro e manter a chama acessa.

—Forte demais, —falou Nir, limpando as suas lágrimas e devolvendo o cantil.

Topeg ofereceu a bebida para Lavir, mas ele recusou, com um gesto da cabeça. O *ypo* estava em pé, vigilante, com uma flecha na corda do arco.

—Por favor, —falou com a sua voz monótona, — tentem não fazer muito ruído, estamos no meio da floresta.

Nir sacou, de uma das suas muitas bolsinhas, umas barrinhas de sementes moídas, cuidadosamente embrulhadas em folhas de árvore.

—Para repor as energias, —falou, enquanto oferecia-as para seus companheiros.

Lavir aceitou. Mesmo não querendo demonstrá-lo, também estava cansado.

—O sabor nem é tão ruim assim, —comentou Topeg, enquanto mastigava.

—Bom, —replicou Nir, sorrindo, —essa é uma modificação que eu mesmo fiz na receita original, normalmente essas barrinhas têm sabor de salgueiro viúvo.

Topeg fez uma cara de desconfiança exagerada olhando a sua barrinha, já meio comida. Depois, soltou uma gargalhada, dando um tapa no ombro do *yposak* de druida, que sacudiu o pequeno garoto todo.

—Só espero que não me solte o intestino e ter que parar para evacuar várias vezes pelo caminho, —falou, rindo, o *yposak* de artífice. — Segundo os meus cálculos, neste ritmo, demoraremos umas boas quatro horas para chegar no acampamento, umas três horas antes de esgotar o prazo para entregar a peça e passar, satisfatoriamente, por este rito idiota.

—Não é um rito idiota, —replicou Nir, —é uma prova que nossos ancestrais criaram para fortalecer os laços entre os povos dos homens. Nós, humanos, não somos fortes, nem possuímos magia natural, como as outras raças que habitam este mundo. Até as bestas sem intelecto podem fazer de nós as suas presas. Mas, nós temos a nossa engenhosidade e a habilidade de fazer alianças entre nós para cobrir nossas fraquezas e potencializar nossos pontos fortes.

—Este é um ritual para separar as crianças dos homens —recitou Lavir, incomumente solene, —aliás, você não é jovem e pequeno demais para se apresentar nesta prova? —falou, cravando um olhar agudo em Nir.

O *yposak* de druida abaixou a cabeça e murmurou, constrangido:

—Os meus superiores consideraram que já tinha chegado a hora de me apresentar. Quem sou eu para questionar as decisões dos meus superiores?

Topeg olhou, com surpresa, para seus companheiros. Agora, o tagarela de Nir estava em silencio e o impassível Lavir demonstrava alguma emoção. Uma emoção que o *yposak* de artífice achou muito parecida com o menosprezo para com o candidato a aprendiz de druida. O ambiente estava pesado.

—Ora, ora, —falou, conciliador, o *yposak* de artífice, —o nosso pequeno druida aqui pode ser mais fraco que um filhote de lesma, mas, pelo menos, é capaz de escolher a melhor madeira para fazer vigas improvisadas e também sabe fazer estas barrinhas de sementes que não têm o sabor tão ruim assim.

Lavir encolheu os ombros e seu rosto voltou a ser a máscara inexpressiva habitual. Falou monotonamente:

—Lembrem que não estamos numa excursão primaveral, estamos no meio de um ambiente hostil e perigoso.

Topeg ficou em pé e pegou a sua enorme mochila.

—Bom, então vamos andando, se o nosso pequeno companheiro desmaiar levarei ele embaixo do braço e seguiremos até o acampamento.

Nir ia protestar, mas, um gesto de Lavir o interrompeu.

—Escutem, —sussurrou o *ypo*, com semblante sombrio.

—Não escuto nada, —falou Topeg.

—Exato, —replicou Nir preocupado, —até os pássaros ficaram em silêncio.

Lavir deu uns passos felinos em direção aos arbustos, tensionando a corda do arco. Flechas voaram da mata na direção dos jovens.

Com um único movimento fluido, Topeg tirou da mochila um escudo dobrável e o abriu, protegendo a Nir e a ele mesmo. Duas flechas cravaram-se na engenhoca. Lavir girou em semicírculo, desviando um projétil com um golpe do seu arco e, imediatamente, disparou uma seta contra a mata, de onde saiu um rosnado de dor.

Três trasgos da floresta saíram dentre as árvores. Um deles trazia a flecha de Lavir cravada na ombreira da sua grosseira armadura de couro. Todos eram mais altos do que Topeg e muito mais musculosos.

—*Anos bandos,* —rosnavam com as suas vozes guturais, —*anos ladros, anos mataores.*

O maior dos trasgos quebrou a haste da flecha da armadura do seu companheiro e apontou com ela aos rapazes que se agrupavam ao redor do cervo. A qualidade da sua couraça indicava que ele era o chefe do bando, estava armado com uma cimitarra e uma faca que, sem dúvida, era de feitura wendor.

—Vocês, humanos bandidos, humanos ladrões, humanos matadores, —gritou na língua comum, —vocês invadiram nosso território. Mataram nosso veado. Tentaram nos matar.

—E essas flechas voaram sozinhas na nossa direção, —replicou Topeg.

—Vocês, humanos matadores, já tinham matado nosso veado. Nós, *rukis* inocentes, tememos pelas nossas vidas.

—Nós rastreamos e caçamos este cervo segundo as justas leis da floresta, —respondeu Lavir, —a presa é nossa.

Três trasgos da floresta saíram dentre as árvores. Um deles trazia a flecha de Lavir cravada na ombreira da sua grosseira armadura de couro. Todos eram mais altos do que Topeg e muito mais musculosos.

—Humanos feriram Maruk, irmão mais novo de Karuk, as leis da floresta exigem compensar, —falou o líder dos trasgos. —Se os humanos deixar aqui o veado e suas armas, pode ser suficiente para compensar *rukis* inocentes.

Nir saiu de detrás dos seus companheiros e, buscando algo entre suas várias bolsinhas, declamou:

—Eu posso curar a dor do teu irmão e te oferecer remédios em troca de seguir o nosso caminho com a nossa carga.

O olhar aguçado de Lavir captou, nos olhos esbranquiçados do trasgo, o movimento que traiu o estratagema traiçoeiro dos atacantes. Ele se virou e viu dois trasgos que, saindo dos arbustos atrás dos jovens, já pulavam sobre o cervo em sua direção, com facas na mão.

A flecha do *ypo* atingiu um dos atacantes no olho direito, matando-o, instantaneamente. O outro trasgo caiu sobre Topeg, derrubando-o em cima do escudo dobrável, que se estilhaçou quando os dois corpos atingiram o solo. Com mãos rápidas, Lavir colocou mais uma flecha na corda, mas seu companheiro e o atacante rolavam no chão, atrapalhando sua pontaria.

Topeg conseguiu deter a lâmina do inimigo com a sua machadinha e os dois forcejavam, com as armas travadas numa cruz de aços. Ao parar de rolar, o trasgo ficou por cima dele, lhe oprimindo o corpo e dificultando-lhe respirar.

O atacante executou uma manobra suja, mas efetiva: subindo e deixando cair, com força, a parte superior do seu tronco sobre a mão que segurava a faca. A lâmina penetrou diagonalmente no ombro do rapaz. Com um sorriso sinistro na boca, o trasgo repetiu o movimento. Enquanto a cabeça do atacante descia, Topeg ativou um mecanismo secreto na sua machadinha de truque e uma lâmina oculta se projetou da arma, perfurando um dos olhos do inimigo, que gritou de dor até que a flecha certeira do Lavir lhe atravessou o crânio, fazendo-o calar para sempre.

Os outros trasgos, vendo o fracasso do seu estratagema, atacaram todos juntos. Dois deles largaram os arcos e partiram para a carga, com as suas cimitarras nas mãos. O terceiro disparou uma flecha contra os jovens.

O *yposak* de druida estava no caminho direto da carga dos trasgos. Os atacantes já levantavam seus aços negros para abater o rapaz, mas, Nir jogou simultaneamente para o ar dois punhados de pó que tinha sacado de bolsinhas diferentes e, quando as nuvens se misturaram, ele gritou a palavra propícia:

—*Ecnis!*

O brilho intenso deslumbrou os atacantes, o estrondo deixou-lhes os ouvidos zumbindo e o fedor acre do enxofre e do salitre lhes anulou o olfato. Quando os trasgos se recuperaram da explosão, os humanos já tinham sumido. Somente cadáveres repousavam sobre o chão da clareira, seus dois comparsas e o cervo gigante ainda amarrado na maca.

Os *rukis* sorriram, satisfeitos.

—Malditos demônios, —praguejava Topeg enquanto olhava seu escudo dobrável completamente arruinado e Nir suturava a ferida no seu ombro.

—Deviam estar nos espreitando desde o amanhecer, —falou Lavir, quebrando a haste da flecha que lhe atravessava o bíceps do braço direito, —e nos emboscaram enquanto estávamos distraídos.

—Espere, —falou Nir, —agora atendo você, não mexa mais a flecha porque pode rasgar uma artéria o um nervo.

—Então, é para isto que servem as tripas dos animais, —comentou o *yposak* de artífice observando as suturas antes de que Nir cobrisse a ferida com umas bandagens.

O *yposak* de druida examinou o braço de Lavir, com habilidade e rapidez retirou o restante da flecha, limpou e tratou da ferida.

—Não parece ter machucado nada importante, acho que vai se recuperar completamente. Você teve muita sorte, —comentou Nir.

—Sorte! Você falou sorte? —explodiu Lavir. —Tomaram nossa presa, estamos feridos e falta menos de seis horas para perder a oportunidade de vencer o rito de passagem neste ano. Eu não vim de uma cidade amuralhada, como Ferroburg, nem das florestas santuário do Norte. A minha aldeia é atacada cada semana por bandidos como esses trasgos. Dependemos de cada caçador para conseguir remédios para os feridos, para ganhar as moedas com as que pagamos a proteção dos mercenários. Se este catarrento desnutrido não estivesse no meu grupo, já estaria bem mais perto do acampamento e estes bandidos não teriam se atrevido a atacar.

Lavir olhava, raivoso, o pequeno Nir, que estava sentado no chão, abraçando os próprios joelhos. Grossas lágrimas corriam pelas bochechas do *yposak* de druida. Topeg colocou a sua mão pesada no ombro do *ypo*.

—Amigo, —falou, —hoje você salvou a minha vida e serei eternamente grato por isso. Você demonstrou ser um caçador excelente e, eu até falaria que você é um guerreiro de primeira classe também, mas, nosso pequeno druida aqui, —agora pôs a sua mão sobre a cabeça do Nir, —mesmo não sendo forte fisicamente como nós, mostrou também seu valor. Tratou os nossos ferimentos e nos ajudou a escapar com aquela explosão.

Topeg se ajoelhou frente a Nir e continuou falando:

—Por certo, não imaginava que os sábios druidas ensinavam para seus candidatos a aprendizes feitiços como esses.

Nir limpou as suas lágrimas com a manga da túnica.

—Não ensinam. Eu aprendi sozinho. Durante meses, estive me esgueirando, à noite, nos recintos proibidos, onde guardam os caudex com os conhecimentos mais restritos e poderosos. Estive estudando por minha conta. Ao ser descoberto, os anciões decidiram que, se eu era tão habilidoso para ter acesso e ler os textos secretos, então, estava pronto para me apresentar para os ritos de passagem.

—E você aprendeu muitos desses segredos? —Lavir tinha se controlado e falava novamente no seu tom habitual. Cruzou olhares com Topeg.

—Alguns —reconheceu Nir, —nos *caudex* explica-se como fazer muitas coisas úteis, como remédios; outras coisas perigosas, como explosões ou venenos e outras coisas muito perigosas, como os oghams secretos que permitem o controle mental e transformações corporais...

—E nessas coisas que você aprendeu, meu pequeno amigo druida, —falou Topeg, oferecendo o seu cantil prateado ao Nir, —você acredita que alguma delas sirva para recuperar nosso magnifico cervo das garras desses trasgos?

Nir bebeu um gole. Desta vez, quase nem tossiu. Ficou em pé e olhou fixamente para seus companheiros.

—Talvez, mas, vou necessitar dê alguns ingredientes e de um bom plano, porque estas artes tardam um pouco para funcionar.

—Então —falou Lavir, tomando também um gole do cantil prateado, — mãos à obra.

—Segundo os meus cálculos, ainda temos tempo para entregar a nossa peça, —completou Topeg, sorrindo.

Os trasgos avançavam pela trilha da floresta carregando a maca, com o cervo gigante.

—Fácil tomar veado dos anos, —ria, guturalmente, o arqueiro carregando a parte traseira da maca.

—Se Uruk e Teruk não lerdos e fracos poderiam curtir churrasco de veado, —comentou Maruk, que carregava a parte dianteira da engenhoca.

—Na aldeia falar que urso matou eles, —resmungou Karuk, —morrer para *anos* é desonroso. E, Guruk, para de rir. Hoje perdemos dois irmãos *rukis*.

De repente, um pequeno dardo, feito de um longo espinho e penas de pássaro, cravou-se na nuca de Guruk. Dardos semelhantes atingiram os outros trasgos no pescoço. Os *rukis*, ao perceber que estavam sendo atacados, largaram a carga, sacaram suas armas e rugiram em direção às árvores, mas, em poucos segundos começaram a cambalear, seus joelhos dobraram e eles caíram, de cara, no chão.

Os três jovens saíram dentre as árvores com as zarabatanas improvisadas ainda nas mãos.

—Você tem certeza de que estes dardos os farão dormir por tempo suficiente? —perguntou Lavir

—Sim, pelo menos até eu terminar o ritual, — respondeu Nir

—Necessitamos dois deles para carregar a maca, não é? —falou Topeg, —quais você prefere?

—Estes dois, —respondeu Nir, —o chefe aparenta ser mais inteligente, ou seja, pode ser difícil de controlar. Traga eles até aqui, por favor, vou pôr neles o ogham para o controle mental.

O *yposak* de artífice pegou, sem muitas cerimonias, Guruk e Maruk pelos tornozelos e os arrastou até o local em que Nir já estava sentado com as pernas cruzadas, quase na posição de meditação. Soltou-os e foi inspecionar o estado de maca.

O candidato a aprendiz de druida começou a desenhar o complicado símbolo na testa dos trasgos adormecidos. As linhas deviam se encontrar em ângulos exatos, ter a medida perfeita e serem desenhadas com pós especiais, feitos com as cascas de árvores específicas. Mesmo assim, controlar duas criaturas desse tamanho, ao mesmo tempo, ia exigir concentração e força de vontade.

Lavir pegou do chão a cimitarra de Karuk. Era uma arma antiga e poderosa, forjada durante a era de ouro dos wendor. Se, em alguma época, o metal tinha albergado algum encantamento, a magia já tinha se dissipado há muito tempo. Provou o fio no seu polegar. Cortava bem. Levantou a lâmina sobre a nuca do trasgo. Quando a arma começou a descida assassina, uma mão deteve o braço do jovem a meio caminho.

—Pode-se saber o que você está fazendo? —perguntou Topeg, —porque, para mim, isto parece muito com o assassinato de uma criatura indefesa.

Lavir o mirou, com fogo nos olhos.

—Essa criatura não hesitará um segundo em cortar tua garganta sem se importar se você está indefeso ou não, —replicou o *ypo*.

—Não me parece muto honroso... —começou a falar Topeg, quando o rugido estridente de Karuk o interrompeu.

O trasgo ficou em pé com uma velocidade assombrosa, lançando um corte amplo com a faca na mão direita. Na mão esquerda, ainda tinha o frasco de antídoto, já vazio.

O corte cruzou na diagonal o peito de Topeg e atingiu Lavir no rosto, desde a bochecha esquerda até a linha do cabelo, cruzando a cicatriz anterior. Seguindo o mesmo movimento, Karuk girou sobre si mesmo traçando um semicírculo com uma perna esticada, derrubando os dois rapazes com o mesmo chute rasteiro.

—Humanos traíras, —gritou. —Karuk conhece as bruxarias covardes dos humanos! Karuk sempre tem contra-bruxaria, —jogou o frasco nos jovens que estavam no chão, paralisados pela queda, pelos ferimentos e pela surpresa. De um giro, trocou o jeito de empunhar a faca, aprontando a arma para a estocada assassina e falou, — Karuk vai ter as suas cabeças como trofe...

Karuk foi atropelado pelo violento empurrão de Guruk e Maruk que tinham saltado sobre ele como dois bólidos de carne e osso. Os olhos dos dois trasgos estavam completamente brancos como o leite e, nas suas testas, brilhava o ogham do controle mental. Alguns passos atrás, também com os olhos brancos e o símbolo mágico brilhando na testa, estava em pé Nir, o *yposak* de druida.

Os três trasgos lutavam e se retorciam no chão. As duas marionetes de carne tentavam, com grande esforço, dominar o chefe do bando, mas, Karuk era forte e tinha a experiência de cem lutas. Com uma contorção, conseguiu desvencilhar a mão da faca e, de um único golpe, decapitou Guruk.

Nir gritou de dor, pondo as suas mãos no próprio pescoço. O ogham na testa de Maruk parou de brilhar e as pupilas reapareceram nos seus olhos, a tempo de ver o seu irmão vindo para cima dele.

—É eu, é Maruk! —começou a gritar, desesperado, mas, a lâmina de Karuk entrou-lhe pela garganta, cortando-lhe as palavras e a vida.

Karuk, o chefe de um bando de trasgos da floresta já mortos, se levantou e caminhou, implacável, para o lugar em que Nir estava ajoelhado. O pequeno garoto tremia pelo choque do esforço do duplo controle mental e pelas sensações de morte que tinha recebido de uma das marionetes.

—Ano imundo! —falou o *ruki*, babando de raiva, —Karuk vai arrancar teu couro e...

O trasgo olhou com certa surpresa a ponta da sua própria cimitarra saindo do seu peito. Somente começou a sentir dor quando Lavir girou a lâmina dentro do ferimento. O jovem retirou a arma de um puxão e decapitou o trasgo, de um golpe.

—Essa coisa de honra é para as cidades, aqui o que vale é a lei da floresta, —falou, ferozmente, o rapaz e cuspiu na torrente de sangue negro que brotava do pescoço cortado de Karuk, —aqui ninguém vai matar os meus companheiros enquanto eu puder impedi-lo.

Em alguma parte acima das copas das árvores, o sol chegava no zênite.

—Desculpem-me, —falou Nir, —minhas mãos estão tremendo ainda, então os pontos de sutura não ficaram muito bons.

Os três jovens estavam sentados, com as costas apoiadas no megaloceros e bebendo do cantil prateado.

—Segundo os meus cálculos, —falou Topeg, que estava perto da cabeça do animal, admirando a maestria com que os antigos ferreiros wendor tinham fabricado a faca do defunto Karuk, —não conseguiremos chegar no acampamento a tempo. Na verdade, nem seriamos capazes de carregar este cervo com as feridas que temos, —bebeu um longo gole. —Poderíamos, no mínimo, pegar as tripas para repor a sutura, porque já gastamos toda a reserva.

—Pelo menos, estamos vivos, —comentou Lavir, encostando a cabeça nas ancas do megaloceros e tentando, sem muito sucesso, ver o reflexo da sua cara na lâmina negra da cimitarra, —no próximo ano, tentaremos de novo; neste, já não podemos fazer nada mais.

—Bom, ainda tem uma coisa que posso tentar, —falou, tímido, Nir, os outros dois o encararam fixamente, —mas, vou precisar comer todas as barrinhas de sementes que ainda temos e vou precisar da ajuda de vocês. Para ser mais específico, de um pouco de sangue de cada um...

—O pequeno *yposak* de druida estava sentado no chão da floresta, na posição de meditação. Na palma da sua mão direita tinha desenhado, com o sangue de Topeg, o ogham da força e na mão esquerda, usando o sangue de Lavir, tinha traçado o ogham do instinto. Respirou fundo e juntando as mãos, gritou a palavra propícia:

—*R´Tkos!*

O sol da tarde começava a perder força quando um dos vigias do acampamento dos humanos começou um tumulto. Gritava que, da margem da floresta, tinham saído dois rapazes com as capas dos candidatos sendo seguidos por um urso andando nas patas traseiras e arrastando algo. Quando os homens abriram o portão da paliçada, encontraram nele um *yposak* de artífice e um *ypo* a caçador, os dois cheios de bandagens. As armas wendor que os rapazes levavam na cinta causaram um burburinho de admiração na multidão.

Detrás dos recém-chegados, tinha uma maca reforçada com vigas de madeira recém cortada, bem amarrado nela tinha um magnífico cervo gigante abatido com uma flecha certeira. Sobre a peça, embrulhado na sua capa, um pequeno *yposak* de druida dormia com os punhos fechados.

O conjunto de curiosos se abriu para dar espaço ao grupo de anciões juízes que tinha chegado para verificar, com seus próprios olhos, o alerta do vigia. O velho artífice levava nas suas mãos um relógio de areia, no qual os grãos brancos ainda fluíam, enchendo o receptáculo inferior.

—Para superar o rito de passagem, —gritou um dos juízes, —o grupo de candidatos que saiu para a caçada tem que entrar, inteiro, no acampamento com o resultado da caçada, antes que se esgote o tempo estipulado.

—Parece que, no final das contas, —comentou Topeg, —se queremos completar o ritual neste ano, vamos ter que carregar o nosso pequeno druida.

—Creio que, depois de tudo, —respondeu Lavir, carregando Nir nos seus ombros e levantando, lentamente, a parte dianteira da maca, —ele merece.

Enquanto passavam pelo umbral, Nir despertou a medias e, esfregando, sonolento, o nariz com o dorso da mão, murmurou algo ininteligível no ouvido de Lavir, que virou a cabeça para olhar o colega que carregava às suas costas. O olhar aguçado do caçador não deixou de perceber que as unhas e os caninos do seu companheiro ainda estavam bem maiores do que o normal para um menino da sua idade e tamanho.

Nesse momento, Lavir quis se convencer de que o que brilhava entre as pálpebras entreabertas de Nir era o sol da tarde, assim que continuou caminhando, dolorosamente. Apenas mais alguns passos e o rito de passagem estaria completo.

O CRONISTA

—O que você está desenhando?

O menino virou-se, deixando, por um momento, o pergaminho no qual trabalhava atarefadamente, levantou o carvão, como se pretendesse continuar, mas se lembrou dos ensinamentos de seu pai sobre manter boas maneiras com as pessoas, principalmente com as mais ilustres. Não que fosse esse o caso, como poderia se perceber pela primeira impressão. O homem à sua frente parecia tudo, menos, nobre. Seus maneirismos eram um tanto descuidados, suas roupas estavam bastante surradas e sua higiene deixava muito a desejar. No entanto, algo em seu olhar denotava uma inteligência ávida e perspicaz. Sem deixar de sorrir, o homem mudou de posição na poltrona, levantando uma perna por cima do braço e esticando a outra como se fosse o dono daquele lugar, depois soprou um anel de fumaça em direção ao jovem. Ele pulou e ficou corado ao perceber que tinha permanecido em silêncio, estudando o personagem, o que também denotava uma grande falta de educação, de acordo com os referidos ensinamentos.

—Nada importante... —ele respondeu, sem entusiasmo. —Estou apenas praticando.

Seu interlocutor sorriu, indulgentemente.

—A prática é a educadora de todos os talentos. Permita-me, —e sem muita consideração, levantou-se e com três passos largos, chegou ao canto no qual o jovem, com os dedos manchados de carvão, tentava melhorar o que claramente parecia ser a figura de um cavaleiro em sua armadura.

Ele pegou o papel, com prancheta e tudo e começou a analisar o desenho como se fosse um estudioso avaliando uma obra de arte. Embora sua interferência tivesse parecido descuidada, o menino percebeu que o personagem posicionava os dedos de forma que não tocassem a área desenhada, como se o homem se importasse muito em não estragar o desenho. Seus dedos eram finos e tinham uma ou outra mancha de tinta. Talvez ele fosse um artista, ou pelo menos, alguém que entendesse de letras.

—Hmmm, você tem talento, garoto. Muito talento.

—Oh, mestre escriba, não incentive mais o menino! —interrompeu o pai que, naquele momento, entrou na sala, com uma caixa cheia de potes etiquetados.

O homenzarrão parecia gordo, embora fosse bastante corpulento. Suas dimensões realmente contrastavam com sua profissão. Qualquer um diria que ele tinha sido um desperdício de soldado, com seus ombros largos e braços peludos que mostravam, através das mangas arregaçadas, um músculo que a gordura não conseguia esconder completamente.

Com muito cuidado, o recém-chegado foi para trás do balcão que dividia a sala, colocando a caixa sobre a superfície de madeira e, depois, começou a colocar os frascos nas prateleiras fixadas na parede, de acordo com sua classificação: os analgésicos, à direita; as tinturas, à direita; à esquerda, remédios para dor de barriga; abaixo, pílulas para dormir; acima, venenos e substâncias perigosas.

Seu trabalho era eficiente e confiante, cheio de habilidade, apesar de todos saberem que ele sofria de uma doença antiga que o impedia de usar corretamente o braço direito. Uma doença que em nada o incapacitava, graças a uma ombreira de couro ajustada ao tronco por uma espécie de conjunto de alças, tudo devidamente dissimulado pela formalidade régia com que sempre se vestia. O boticário era conhecido por ser muito rígido com regras e costumes.

—Ah, Mestre Dustkaard! —falou o homem, da poltrona. —Obrigado por me hospedar durante sua estadia. Quando me falaram que a botica era o melhor estabelecimento do lugar, não acreditei, mas realmente é um salão maravilhoso que você tem aqui. Praticamente tão espaçoso quanto a pousada.

O menino aproveitou o momento para recuperar o desenho e mergulhar no trabalho, lançando olhares de soslaio para o personagem esguio.

—Obrigado por suas palavras, mestre escriba, — respondeu o corpulento boticário. —Na verdade, este estabelecimento costumava ser uma pousada. Era um negócio familiar, até que o deixei de um jeito que estivesse mais de acordo com meus talentos. Você sabe, quando você nasce com o poder da magia, mesmo que só um pouco, ela te arrasta para onde ela quer e eu sou bom em poções, artes de cura e esse tipo de coisas. Não adiantava me perder atrás do balcão vendendo cerveja, que às vezes, entre nós, é outro remédio —ele piscou um olhar travesso para o escriba que ergueu as sobrancelhas, com um sorriso cúmplice.

—Bem, se você tem algum desse remédio por aqui, poderíamos tentar para ver se é tão eficaz quanto dizem...

Enquanto o pai falava, o menino observava o visitante mais de perto. Ele era um cara alto, extremamente esguio e magro como a pena do rabo de um galo, na verdade, ele até se curvava um pouco como uma dessas. Seu cabelo longo e despenteado caía sobre os ombros, um cabelo cor de palha e grisalho. Seu rosto era jovial e até amigável, com muitas rugas ao redor dos olhos e nos cantos da boca, naturais em pessoas que sorriem muito. Vestia um gibão de couro marrom, puído nas bordas, camisa de linho que já fora branca, calça grossa e justa, de tecido escuro, desconhecido naquela parte do mundo e botas de cano alto, um pouco gastas, dobradas para fora, na altura dos joelhos. Tudo isso sob um manto grosso e felpudo que chegava até os tornozelos e, de vez em quando, se fechava como um casulo, escondendo seu corpo de vista.

—O senhor é uma pessoa estranha, Mestre Dustkaard, —comentou o escriba, —deixou o negócio familiar habitual e agora não quer que seu filho se torne artista. Acredite quando digo que o menino tem futuro. Que idade ele tem? Cerca de doze? Daqui a mais alguns anos e com a orientação certa, será o tema de várias conversas interessantes. A arte está na moda hoje em dia, faz parte do progresso.

—Bah, bobagem! —Dustkaard conseguiu evitar que seu tom fosse depreciativo. —O menino vai trabalhar na botica e pronto. Para que criar falsas expectativas? Ninguém escapa do destino que lhe cabe, senhor, e muito menos se nascer nesta terra esquecida.

—Se o problema for esse, —retrucou o escriba, —gostaria de lhe dizer que tenho grandes influências em diversas cortes e conheço pessoas na guilda que podem ensiná-lo. Realmente é um desperdício de talento.

—Não quero ser boticário nem artista, —o garoto levantou a voz. —Eu serei um paladino! —falou, com firmeza.

Os dois homens olharam para ele, como se o menino tivesse confessado que tinha um dragão de estimação debaixo da cama. O pai, de repente, caiu na gargalhada, tirando a seriedade do assunto; o escriba, por sua vez, piscou, repetidamente, como se não pudesse acreditar no que ouvia.

—O menino puxou à mãe, com a cabeça sonhadora, todas aquelas histórias de heróis que ela lhe contava à noite deixam a cabeça cheia de fuligem. Olha que cavalheiro, com aquele corpo de frangote.

—Diga-me, por que você gostaria de ser um paladino? —O escriba olhou muito sério para o garoto.

—Existe, por acaso, profissão melhor do que proteger o reino? Montando um corcel de guerra e sendo elogiado por todos por seus atos? A melhor vida é uma vida de glória, que fica na memória dos outros.

—Ficar na memória dos outros não é obra de um herói… quer saber, acho melhor você ouvir seu pai e continuar como boticário. Se El Mágico lhe concedeu o dom da magia de cura então…

Sierkgaard teve um ataque de raiva.

—Meu dom é praticamente inútil em uma botica, papai só quer que eu fique ao lado dele para ajudá-lo porque o braço dele está ruim! No final, serei apenas seu mensageiro! Numa corte, seria melhor, pelo que ouvi, lá eles sempre precisam de talentos como o meu.

—Sierkgaard!! —Seu pai o interrompeu, severamente. —O que é preciso é que eu te bata com uma vara de carvalho por enfiar o nariz nas conversas dos adultos! Vá até a pousada e traga um barril de cerveja, diga ao Henez para mandar o produto de melhor qualidade, pois tenho convidados! Ao retornar, alimente os pombos-correio, assim você vai se manter ocupado com algo que valha a pena.

O menino franziu a testa e ergueu o lábio inferior em desafio. Com o rosto vermelho de raiva, ele amassou o desenho e jogou-o no chão, enquanto jogava a prancheta e os carvões atrás do balcão e espanava as mãos na roupa, sem parar para olhar para o pai, que sustentava seu olhar, com veemência.

—Tem alguma coisa errada, pai? —A voz melodiosa da jovem quebrou o momento de tensão. O boticário virou-se para observar a recém-chegada parada na porta que ligava a sala ao interior da casa, localizada no corredor, à direita do balcão.

—Ah, luz dos meus dias, nada de importante! —disse o pai, com voz melosa. —Seu irmão e suas ideias malucas, sem falar na falta de respeito com os visitantes. Como se eu não passasse tanto tempo ensinando-lhe boas maneiras.

A jovem, de uns vinte anos, avançou para abraçar o irmão com gestos fluidos e graciosos. Ela era a imagem viva da beleza. Esbelta, com cabelos que se confundiam com a própria noite, um pouco mais alta do que seria normal para uma mulher, mas seu corpo era muito bem formado e seu rosto digno do pincel dos melhores artistas. O escriba engoliu em seco ao olhar para ela.

—Bem-vindo, mestre escriba, já ouvi falar de você! —sua voz parecia música nos ouvidos—Desculpe meu irmão. É a idade, sabe... Quando eu tinha a idade dele, eu também costumava ser rebelde e irritar a nossa mãe.

—Mas, nunca nada como isto! —protestou o pai, mas o escriba o interrompeu.

—Não se preocupe, não estou nem um pouco ofendido. Foi minha culpa que a conversa tenha tomado rumos errados. Aliás, desculpe minha curiosidade, onde está sua mãe? Todo mundo me fala sobre ela e ela parece ser uma mulher extraordinária.

—Minha esposa faleceu —disse o homenzarrão, com verdadeiro desânimo, —depois que Sierkgaard deu à luz, nunca ficou boa por completo.

—Ah, sinto muito!

O lugar mergulhou em um silêncio constrangedor até que o boticário começou a falar novamente.

—Silene, filha, por que você não acompanha seu irmão para ver o estalajadeiro? Enviei-lhe uma ordem. Assim você garante que esse cabeça de vento não perca o dinheiro nem se atrapalhe com o pedido, ele anda sempre com a cabeça nas nuvens.

—Às vezes você é muito duro com ele, pai, —disse a jovem, bagunçando o cabelo do menino com um gesto brincalhão. —Espere por mim lá fora, estarei pronta em um segundo!

Sierkgaard saiu relutantemente, sob o olhar atento de seu pai e do escriba, os dois homens pareciam ansiosos para que o rapaz saísse de uma vez. Com uma cara azeda, o menino fechou a porta atrás de si e depois inclinou o ouvido e tentou ouvir alguma coisa. A princípio, ele não ouviu nada, mas depois as palavras começaram a surgir.

—Garoto difícil, hein? Tão teimoso quanto o pai, —o cronista falava agora com uma confiança que beirava o atrevimento.

—A cada ano fica mais difícil controlá-lo, —disse o pai. —Ele não entende o que poderia acontecer se as pessoas conhecessem seu talento. Parece mais uma maldição.

—Bem, você deveria ensiná-lo que todos os talentos são bons se você souber usá-los, em vez de tratá-lo como um aleijado que não sabe cuidar de si mesmo. O menino tem que crescer.

—Esse é o problema, o talento dele só serve para uma coisa e tenho medo de que ele aprenda a usá-lo muito bem, —seu pai parecia chateado. —Então, o exército vai passar por aqui?

—Com certeza. Esta é a última cidade entre a fronteira do reino de Argea e Moravandrin. O exército vai querer se equipar e organizar um posto avançado e este é o lugar perfeito. A força que se aproxima é suficiente para fazer com que Moravandrin caia duas vezes em um dia. Se eu fosse você, pegaria as crianças e sairia daqui agora mesmo.

—São soldados do rei. Supõe-se que deveriam se comportar como tal. Além disso, para onde ir?

—Na verdade, são soldados de Manakin, Cabeça de Aço. O rei Bréndel está muito longe para dar ordens e seus soldados farão o que acharem melhor. São muitos para que sua passagem por aqui não tenha efeitos devastadores na cidade. Será a última calmaria antes da tempestade, a vila pode desaparecer e Bréndel olharia para o outro lado porque ele só se preocupa em tirar os elfos do seu pé. Pegue as coisas de valor que você tiver, pegue seus meninos e vá para o Leste, não há guerra lá e você poderá estabelecer seu negócio novamente. Assim que Cabeça de Aço chegar, ninguém entra ou sai de Maltea. Ele não mediu esforços para eliminar espiões e aproveitar o elemento surpresa, embora saiba que é impossível esconder um exército desse tamanho. Eu só consegui vir na frente com a justificativa de que iria encontrar um lugar digno dele para se hospedar quando ele chegasse aqui, mesmo assim, ele me deixou ir embora, com muita relutância.

—Então, tive sorte de Manakin ter confiado em você.

—Manakin não confia em ninguém, mas o rei me nomeou cronista oficial e ele tem que me tolerar, isso me dá certa liberdade, desde que eu não interfira em seus planos.

—Está acontecendo de novo, Fendor. Eu sabia que Bréndel era estúpido, mas não estúpido o suficiente para lançar outra guerra de extermínio. Quando ele terminar com os elfos, o que? Lutaremos entre nós? Não sei como você consegue conviver com isso...

—Já faz muito tempo que deixei de viver, Dusk, desde aquela época, lembra? Agora, apenas sobrevivo, sem arriscar muito a minha pele. E contar a história é uma maneira tão boa quanto qualquer outra, aliás. Digamos que nem todo mundo é tão sortudo quanto você.

—Você sabe que não vou ficar de braços cruzados.

—Eu sei que você vai fazer o que tiver que fazer, assim como eu.

—Método tradicional, então?

—Escutando de novo, Sierky? —A voz da irmã, embora suave, causou-lhe um enorme choque. Ele sabia que ela não o trairia para o pai, mas ficou muito assustado porque estava muito focado em espionar a conversa. Sua irmã, às vezes, conseguia fazer um camundongo parecer escandaloso.

Sem saber o que fazer, o menino, colocou um dedo nos lábios, exigindo silêncio, ao que a menina, sorrindo, respondeu com um leve tapa, antes de pegá-lo pela mão e sair andando.

Um turbilhão de emoções girava na cabeça do rapaz. Um exército, nada mais e nada menos, comandado por Manakin, Cabeça de Aço, um herói lendário. Conhecer alguém assim tinha sido o sonho de sua vida, talvez o herói pudesse até lhe ensinar uma ou duas coisas. Ou, talvez, ele pudesse até se alistar e participar da batalha, todos os heróis começaram como soldados ou escudeiros em algum momento. Ele se imaginou usando uma armadura polida e montando um corcel de guerra negro. Ele teria que escolher um apelido que impressionasse, algo como Sierkgaard, o corajoso, ou não, algo mais impactante, Sierkgaard, Ceifa-vidas. Sim, algo assim, de qualquer forma, ele teria tempo para pensar sobre isso, heróis não se fazem da noite para o dia.

—Você está calado demais, —sua irmã interrompeu sua linha de pensamento. —Se for por causa do papai, não fique chateado demais, você sabe como ele fica quando recebe visitas.

A lembrança da conversa anterior renovou, novamente, o mau humor do menino. Desde que ele conseguia se lembrar, seu pai estava ao lado deles, ele os amava profundamente. Mesmo sabendo que sua mãe havia morrido no nascimento que o trouxe ao mundo, seu pai nunca permitiu que ninguém insinuasse a menor culpa em relação a ele. Ele era muito ciumento e protetor, sim, às vezes, ao ponto de ser chato, mas era um bom pai. Sierkgaard não entendia o motivo de sua relutância sempre que falava sobre seus sonhos para o futuro.

—Por que o pai não quer que eu seja um guerreiro?

Sua irmã, alguns palmos mais alta que ele, olhou-o, de cima a baixo, como se o menino tivesse perguntado por que as pedras não podem ser comidas. Então, fez um gesto enigmático que deixou o jovem sem saber o que pensar.

—As coisas nem sempre são como gostaríamos —falou a jovem. —Por exemplo, eu teria preferido estar numa corte, ser dama de companhia. Você consegue imaginar todos aqueles vestidos luxuosos, os palácios de cristal de Gaensia, a Torre Invertida, a Capital de Argea? Quantas coisas lindas para descobrir, para conhecer. Teria sido maravilhoso. Mas, eu sou filha do boticário da aldeia, um boticário muito bom, aliás, e estou me referindo à pessoa, não à profissão, —disse ela, colocando um braço sobre os ombros dele, em atitude maternal.

—Papai só quer cuidar de nós, —continuou ela, —e que sejamos felizes, dentro de nossas possibilidades. Ele faz do jeito que sabe, evitando complicações. Você quer ser um herói e não há nada de errado com isso, mas você já pensou que poderia morrer tentando? Você sabe quantos soldados existem em um reino?

—Milhares! —respondeu o garoto, com entusiasmo.

—Exato. Mas de quantos heróis se fala nas histórias? As canções dos menestréis não incluem o fracasso, a morte, o sangue... elas apenas falam da parte heroica e bela, do triunfo do bem sobre o mal, mas, talvez nem sempre seja assim. Nosso pai só quer que você cresça e saiba um pouco mais. Então, veremos.

—Se você intercedesse por mim... certamente, o Pai te ouviria, —disse o menino, testando o terreno.

—Não seja manipulador comigo —ela rosnou de brincadeira, bagunçando o cabelo dele, —eu disse que veremos.

A caminhada de volta para casa foi só saudações e sorrisos. Apesar da magreza, Sierkgaard já estava acostumado com o peso dos barris de cerveja que Henez vendia na sua estalagem, nada parecido com aqueles que guardava dentro para fornecer aos comensais, aqueles eram enormes, embora o conteúdo fosse mais aguado.

Sierkgaard observava todos os habitantes da aldeia que cruzavam o seu caminho. Pessoas que o viram crescer e que o conheciam de toda a vida. Sempre o cumprimentavam com entusiasmo e carinho, mas a verdadeira deferência era para com a irmã.

Silene era como a deusa da cidade. Mesmo aqueles que discutiam sobre uma coisa ou outra deixavam as brigas de lado quando a jovem aparecia e lhe prestavam suas saudações e se derretiam em sorrisos. Sua irmã sempre tinha uma palavra gentil, uma saudação calorosa, às vezes, um beijo ocasional na bochecha. As pessoas simplesmente a adoravam, sem falar nos jovens. Ela tinha mais pretendentes do que frascos na botica, o que muitas vezes deixava o irmão com ciúmes, mesmo sabendo que, um dia, teria que vê-la se casar e constituir outra família.

Para Sierkgaard, tinha sido uma revelação ouvir sobre os sonhos de sua irmã, porque ela nunca havia falado sobre eles. Apesar de toda a luz que podia irradiar sobre aquela boa gente, Silene, em casa, era bastante triste. Seu irmão sempre atribuiu a culpa à morte prematura de sua mãe e à rapidez com que ela teve que entrar na idade adulta, forçada, para ajudar seu pai nas tarefas de casa e cuidar dele, que tinha apenas oito anos de idade. Ele nunca pensou que, talvez, o caráter taciturno dela tivesse a ver com seus desejos, com seus sonhos e se sentiu mal pela integridade com que ela sacrificou sua vida pelo bem-estar de sua família, enquanto ele vivia reclamando disso e daquilo e reclamando que ninguém se importava com o que ele queria.

Quando chegaram à botica, o escriba não estava por perto, mas a mochila leve com que viajava estava ainda fechada sobre uma mesinha da sala. Dustkaard estava esperando por eles, franzindo a testa, como se algo ruim tivesse acontecido.

—Silene, venha um momento, preciso falar com você! Sierky, deixe isso no porão, por favor!

O jovem apressou-se em completar a tarefa, deixando o pai e a irmã que, evidentemente, estavam esperando até que ele não estivesse presente para falar sobre o que quer que tivessem para conversar. Más notícias, provavelmente, a julgar pela tensão na atmosfera. Com muito cuidado para não fazer barulho, colocou o pequeno barril no chão e encostou o ouvido na porta fechada, como era costume quando queria saber de coisas que ele sabia que não lhe contariam.

—Vamos embora? —sua irmã parecia agitada, —mas, aconteceu algo ruim? Estamos bem aqui, pai, e não acho que será bom para Sierky também.

—É definitivo, —o pai parecia cansado, mas foi bem enérgico. —Pegue o que achar necessário, mas não exagere na bagagem, não quero chamar a atenção. Verifique que levemos o essencial para o seu irmão, certifique-se de estar tudo pronto o mais rápido possível. Ah, e solte os pombos, não poderemos levá-los e não quero que morram de fome.

Seu pai queria ir embora. Sierkgaard ficou atordoado. Esta era a primeira oportunidade, talvez a única em sua vida, que ele teria de ver o exército em movimento, de conhecer verdadeiros heróis, talvez até de se alistar como assistente e seu pai queria ir embora. Ele preferia deixar tudo a dar-lhe a oportunidade de realizar seus sonhos, de lutar pelo seu futuro. Tudo para deixá-lo ali, naquela cidade esquecida pelo El Mágico, tirando o pó de potes mofados e fazendo recados. E agora iriam para sabe-se lá onde, passando sabe-se lá por quantas vicissitudes, só para lhe negar a possibilidade de decidir por si mesmo.

Seu pai não entenderia jamais, mas, para o menino, essa oportunidade era imperdível. O melhor, pensou consigo mesmo, era fugir, talvez até o anoitecer, ninguém se aventurava a viajar à noite. Seu pai iria espancá-lo bastante e ficaria dolorido por alguns dias, além de que, provavelmente, o faria trabalhar o dobro, mas ele não se importava, tudo isso era preferível a fugir do seu destino. No dia seguinte, o exército chegaria à cidade e ele teria seu momento, então, aconteceria o que El Mágico quisesse. Depois seu pai teria tempo suficiente para ir aonde achasse adequado.

Silene colocou a mão no ombro do pai, numa atitude compreensiva. Por baixo das roupas, sentia-se, ao toque, a armação que o pai usava para poder trabalhar sem parecer aleijado. Ele nunca mostrava a engenhoca para ninguém, nem para os filhos, como se tivesse vergonha de ser obrigado a usar algo assim, como se isso o fizesse se sentir menos homem na frente dos outros. Deve ter sido um fardo difícil de suportar, assim como criar dois filhos sem a presença de uma companheira. A garota suspirou e falou com ele, docemente.

—Não sei o que o escriba lhe disse, mas, deixar tudo para trás não é um pouco extremo?

—Talvez seja só por um tempo, mas, acredite, precisamos ir embora agora. Não devemos estar aqui amanhã.

De repente, ouviu-se o som de passos correndo do outro lado da porta que dava para a sala. Pai e filha se entreolharam, surpresos.

—Sierkgaard! —Silene se assustou antes de correr atrás dos passos do irmão.

—Aquele maldito garoto! —rugiu o pai. —Sierkgaard!! Sierkgaard! Volte aqui, seu garoto tolo!

A noite já tinha caído há muito tempo, trazendo promessas de tempestades nos relâmpagos que brevemente iluminavam o horizonte e no estrondo dos trovões que os precederam. O escriba andava pela sala com passos largos, como se quisesse medir, pela enésima vez, a distância de parede a parede. Silene, com o rosto sombrio, confortava o pai, que estava sentado, desanimado, em uma das cadeiras da sala, com os braços estendidos sobre uma das três mesas que ocupavam o local.

—Digo de novo, Dusk, —falou o escriba, —deixe o maldito garoto. Se ele quer ser soldado, o problema é dele. Quando ele sentir a dureza do exército, vai se arrepender e logo você vai ter ele de volta a fazer poções. Por favor, vá embora.

—Eu não posso deixá-lo. Prometi à mãe dele, no leito de morte, que sempre cuidaria do menino e não vou quebrar minha promessa, não essa. Você pode imaginar se eles o usam como alvo de flechas na linha de frente?

Silene tremeu com o pensamento. Na verdade, ela nunca tinha visto o pai tão chateado. Seu irmão não ia se livrar dessa, quando o pai terminasse com ele, ela não ia deixar nem os restos do maldito moleque. Ele merecia a surra de sua vida.

—Vou dar uma volta novamente para ver se vejo ele. Quer que eu avise a população da cidade? Talvez façamos um grupo de busca e o encontremos, é noite e eu não gostaria que o problema aumentasse. —Sugeriu o cronista.

Dustkaard assentiu, com relutância e dispensou-os, com um gesto. O escriba avançou, com seu andar confiante, sempre meio apressado, mas, quando abriu a porta para sair, quase caiu de surpresa. No umbral, estava Sierkgaard, acompanhado pela imponente figura de Manakin, Cabeça de Aço, e sua guarda pessoal.

—Mas, que surpresa, escriba! Quando você disse que iria em frente e encontraria um lugar adequado para mim, pensei que você tivesse se escondido em algum buraco escuro para esperar o perigo passar. Não imaginei que você concordaria com a opinião desse "galante" jovem que diz que sua casa é a melhor de toda a região. Bem, parece que ele está certo, se você está aqui, —o grandalhão riu, com sua voz estrondosa.

Todos na sala ficaram em silencio.

—Então, —continuou o recém-chegado, dirigindo-se a Sierkgaard, que não se atreveu a olhar o pai nos olhos, —você pode me convidar para entrar ou está esperando que comece a chover? —e riu como se tivesse dito algo muito engraçado. Seus guardas também riram e começaram a movimentar-se e reorganizar os móveis, abrindo espaço para seu comandante.

Manakin era grande como uma montanha e careca como um ovo. A diferença do descrito nas gestas da cavalaria, seu rosto, em vez de despertar a paixão das jovens, dava terror a quem o via pela primeira vez, pois era uma massa de feições duras, combinadas com cicatrizes de guerra. Vestido com sua armadura, dava a impressão de ser uma fortaleza ambulante, impressão que era acentuada pela grossa capa vermelha que cobria todo o conjunto, tornando-o ainda mais volumoso. Debaixo do braço, carregava o seu emblemático capacete em forma de cabeça humana com juba de leão, pelo qual ganhou o apelido. Seu andar denotava segurança e desafio, e seus gestos, embora casuais, lembravam os de uma fera sempre alerta, esperando um ataque de qualquer lugar.

A madeira do chão rangeu sob o peso daquele personagem enquanto ele avançava pela sala. Sem ninguém o convidar, sentou-se numa cadeira que parecia incapaz de suportar o seu peso, mas que se sustentou com bastante eficiência, apesar de todas as previsões. Em nenhum momento ele lançou outro olhar para alguém na sala além da Silene, de quem ele não tirava os olhos desde que ela cruzou a porta. Um subordinado se aproximou dele e sussurrou algo em seu ouvido, ao que ele respondeu, em tom tão baixo que era impossível ouvir o que havia ordenado e o soldado saiu da sala.

—Hum... eu não esperava você até amanhã, —disse o escriba, com uma certa insegurança na voz, seu olhar foi de Manakin para Dustkaard, que continuava com uma cara abatida, olhando para as tábuas do piso, como se algo importante estivesse se movendo entre as marcas na madeira.

—Sim, mas não gosto de fazer ninguém esperar. Também não gosto que as pessoas esperem o que vou fazer. Não é... saudável, por assim dizer, —e sorriu, mostrando dentes perfeitos para quem passou a vida lutando. Porém, seus olhos não refletiam alegria e isso não passou despercebido ao estudioso.

—Então, —dirigiu-se, desta vez, a Sierkgaard, a quem empurrou uma cadeira com o pé para se sentar perto dele —você me disse que nunca tinha visto um herói. Bem, agora que você tem um de verdade na sua frente, o que você acha?

O menino gaguejou, sem saber o que responder.

—Você é... você é muito forte, senhor, e é muito famoso. Ouvi dizer que o senhor é o homem mais forte do reino e é por isso que lidera os exércitos do rei.

—Hmmm! —Manakin rosnou, —para um aldeão, você fala bem e sabe muitas coisas. E você diz que também quer ser um herói, que poderia aprender comigo se eu o levasse.

—Sim, senhor! —o menino começou a recuperar o equilíbrio diante do tratamento afável do guerreiro. — Seria uma honra aprender com os melhores, senhor.

—Hmmm, garoto corajoso! Não é? —disse Cabeça de Aço sorrindo para seus ajudantes de campo, que se posicionaram em diversos pontos da sala, perto da porta, das janelas e dos presentes.

Todos riram baixinho novamente, como com indulgência. Suas poses pareciam relaxadas, mas algo em suas posturas e aparências revelava que eram homens prontos para fazer o sangue fluir a qualquer momento. Na verdade, davam uma impressão de confiança, mas sua atitude nada mais era do que uma cortina de fumaça para olhos não acostumados com aquele tipo de situação.

Do lado de fora do local, começaram a ouvir-se vozes alarmadas, gritos de protesto e medo, até mesmo algumas batidas de portas. O escriba alcançou a olhar para fora, pela fresta da janela quase totalmente obstruída pelo soldado, mas os outros agiram como se não tivessem ouvido nada. Uma preocupação incipiente começou a tomar forma no peito do garoto, deixando-o com uma sensação de desconforto.

—Ser um herói é um trabalho que leva tempo. Muito tempo e determinação. Você sabia que no início eu não era nem de longe o melhor guerreiro? —começou o Manakin —Sempre vivi na sombra de alguém melhor do que eu. Por mais que tentasse, não conseguia imitar as façanhas daquele homem. Era um pouco... desagradável, para dizer o mínimo, mas eu era jovem e ainda tinha tempo pela frente, então, não me desesperei. Um dia, a providência do El Mágico sorriu para mim e vi os céus se abrirem quando a minha competição se retirou.

—Retirou-se? —Sierkgaard perguntou, interessado pelas histórias sobre guerreiros. Ele nunca tinha pensado que um herói pudesse se aposentar.

—Oh, sim! —continuou Manakin, dando um tom emocional para manter o interesse em sua narrativa. Lá fora, os ruídos aumentaram, mas desta vez misturados com vozes de comando.

—Aquele herói incomparável decidiu que não queria obedecer às ordens do rei e, deixando seus votos, juramentos e armas, um dia, desapareceu do reino. Vero Sangue-frio era como o chamavam. Nunca ouvi sobre ele novamente.

Manakin fez silêncio e percorreu os presentes, com um olhar estranho.

—Você sabia que, para se tornar um guerreiro, é preciso fazer um juramento? —falou, franzindo a testa enquanto olhava para o garoto, que negou a cabeça, constrangido, como se tivesse reprovado um exame. — Bem, sim, isso é o que diferencia um paladino do reino de um assassino errante que faz o que quer, ou de um simples caçador de recompensas. Depois de prestar juramento diante do rei e se tornar um guardião do reino, você recebe uma tatuagem no ombro direito. Essa tatuagem vem com certos poderes mágicos, eles chamam de braço do rei. Você só conquista essa marca com renome e dedicação, quando todos têm certeza de que vale a pena conceder-lhe tal honra. Mostre-lhe, Sykes.

O homem em questão, um guerreiro enorme, quase tão grande quanto o seu comandante, com um rosto duro como pedra e um bigode espesso que tentava esconder uma deformidade no lábio superior, deu um passo à frente e começou a despir o torso. Ele era o único que não estava vestido com armadura completa de placas de metal e só usava uma cota de malha sob uma armadura leve de couro; assim, foi relativamente rápido em se livrar de seu equipamento para mostrar os imensos músculos de seu ombro direito, no qual se destacava uma tatuagem feita com a tinta mais escura que Sierkgaard já vira. Parecia uma fenda para um abismo profundo, como se seu usuário estivesse completamente vazio por dentro e fosse apenas a casca de uma noite impenetrável.

—Tem a forma de um grifo pisando em um dragão agonizante, —falou Manakin, —embora eu deva dizer que, às vezes, é um pouco difícil dizer o que os artistas fizeram. Não sou bom em apreciar nenhuma outra arte além da guerra. —Suas palavras, mais uma vez, provocaram risos entre seus soldados. Ele continuou, levantando as sobrancelhas, como se estivesse prestes a concluir uma lição com uma moral. —Veja bem, depois de fazer aquela tatuagem, você não consegue tirá-la, é um sinal do seu compromisso para toda a vida, mesmo que você corte a carne, ela voltará por cima das cicatrizes. É um grande símbolo de um grande compromisso.

O menino ouvia com grande interesse e olhava, de vez em quando, para o ombro ainda nu do guerreiro, que permanecia perto dele. De vez em quando, ele também olhava, furtivamente, para o pai, que não dava sinais de acordar da letargia, era como se não estivesse no mesmo lugar, provavelmente se sentia muito afetado pelo que parecia ser a separação de seu filho.

A tatuagem, como bem disse Manakin, era uma massa de linhas que formavam um círculo, no qual alguém com bom olho conseguia distinguir a silhueta de um grifo, no momento em que a criatura descia para pegar a presa; a vítima era, nada menos, do que que um dragão se contorcendo, com o pescoço preso sob uma pata. Um desenho muito complexo feito por alguém incrivelmente habilidoso.

—Lindo, não é? —Manakin chamou sua atenção, novamente. —Acontece que o homem ali, para quem você tanto olha, também tem um como esse e não sei como ele conseguiu escondê-lo da vista dos filhos por tanto tempo. Não é, Vero?

O menino pulou, surpreso e sua irmã gritou. Seus olhos buscavam os do pai, que permanecia sem ação, seu rosto era a imagem viva do desânimo.

Vários guardas se posicionaram, com as mãos nas empunhaduras das suas espadas em constante alerta, bem próximos ao boticário, mas ele continuou com os ombros baixos, olhando para as tábuas do piso. Manakin levantou-se, derrubando a cadeira e avançou, com passo determinado, sacando uma adaga.

Sierkgaard tentou gritar e correr em direção ao pai, mas o escriba o pegou assim que ele se levantou e o agarrou com muita força, impedindo-o de se mover. Silene gritou de terror, novamente.

Com gestos hábeis e precisos, Manakin inseriu a ponta da adaga sob o tecido, na manga da camisola de Dustkaard, também conhecido como Vero Sangue-frio, e rasgou para cima, cortando o tecido e parte do colete de couro. A ombreira resistiu, mas ele desviou a lâmina até encontrar as alças e cortá-las também. Um fio de sangue escorreu pelo ombro e manchou a manga dobrada no cotovelo do homem que continuava sentado, olhando para o chão, como se não percebesse nada do que acontecia ao seu redor. Além do sangue, havia, no ombro nu, uma tatuagem muito similar à de Sykes.

Sierkgaard não conseguia acreditar no que via. Ele alternava o olhar entre seu pai e a sua irmã, que, por sua vez, cobria a boca com as mãos e olhava para ele, com os olhos arregalados.

A relevância disso o atingiu como um golpe. Lembrava, agora as muitas vezes que seu pai tinha ficado chateado, aparentemente sem motivo, quando eles entraram em seu quarto, sem avisar. Sempre carregando aquela engenhoca, perenemente presa ao corpo, como uma segunda pele, tudo para esconder sua verdadeira identidade.

—Se o reino não tivesse ampliado suas fronteiras e o senhor dessas terras tivesse rendido a vassalagem ao nosso rei, eu nunca teria te encontrado aqui, você realmente escolheu um lugar no rabo do mundo. — Manakin riu com vontade, mas, dessa vez, seus homens não o apoiaram, estavam todos atentos a qualquer gesto do boticário.

—Então, garoto, como é possível que você queira que eu te ensine a ser um herói, se você tem seu próprio exemplar em casa? Oh, desculpe...! Você não tinha contado a ele?

Dustkaard suspirou. De repente, Manakin o pegou pelos cabelos, levantando sua cabeça.

—O juramento e o compromisso são para sempre! Para sempre é muito tempo para não chegar até você!

Então ele o soltou, abruptamente e virou-se para seus homens, para dar ordens precisas.

—Sergund, —lateu Manakin, —quero todos os habitantes da cidade reunidos e contados na praça! Tragam o prefeito aqui, tenho que me encontrar com ele para deixar claro quem manda e como vão ser as coisas! Remi, —continuou, fazendo um gesto com a cabeça na direção do Vero, —quero esse homem com tantas correntes que ele não consiga nem se levantar para mijar! Leve-o para o acampamento dos soldados fora da cidade, vigilância forte em todos os momentos. Se ele escapar, pessoalmente esfolarei, vivo, cada um dos que estejam de guarda. Merogen, cerque a cidade e guarde todas as entradas, ninguém entra ou sai e sem surpresas, faça parecer um maldito cerco! Quando terminarem as suas tarefas, quem não estiver de serviço pode juntar-se aos generais e divertir-se um pouco, nunca se sabe quando será a última vez e a jornada até aqui tem sido dura. Ah, importante! Escolham apenas filhas casamenteiras e viúvas, não quero nenhum marido agindo como um encrenqueiro pensando que defender a honra da esposa é uma boa ideia. Evitem matar moradores da cidade, supostamente somos os mocinhos. Não confiem em ninguém, esta é uma terra fronteiriça, portanto, as pessoas aqui estão mais próximas dos elfos do que o resto do mundo, em algum momento, eles devem ter negociado e provavelmente tenham simpatizantes entre os habitantes. Não corram riscos desnecessários.

Os soldados aludidos saíram a cumprir as ordens e Cabeça de Aço ficou em pé na sala, com a mão apoiada na empunhadura da sua enorme espada. Aparentava estar muito satisfeito.

—Bem, já que você queria conhecer um herói, um herói de verdade, —disse Manakin, virando-se para Sierkgaard, —agora, você terá a chance de me servir. — Prepare um banheiro e um quarto para eu descansar e espero não ficar desapontado com seus serviços... ou sua irmã pagará as consequências. Na verdade, ela também vai me prestar outros serviços. Todas as mulheres irão inveja-la pela grande honra que ela dará a um herói como eu, —e caiu na gargalhada, acompanhado por todos os seus capangas.

Sierkgaard soluçava, num canto do sótão. Às vezes, sofria pequenos espasmos, que o abalavam da cabeça aos pés, pois tinha ficado muito tempo chorando, inconsolável. Sentia-se desamparado diante daquela reviravolta do destino. Tudo acentuado pelo fato de ele se sentir culpado. Se não fosse aquela vontade estúpida dele ser guerreiro, de realizar façanhas, de ser famoso, conhecido. Por causa de sua estupidez, seu pai não tinha escapado na hora certa. Seu pai, que só queria cuidar deles, protegê-los de tudo que estava por vir. E ele estava, apenas, pensando em conhecer um herói, pensando que todos os paladinos eram como nas estúpidas histórias e canções de menestréis. Manakin, Cabeça de Aço, o melhor guerreiro do reino. Que El Mágico explodisse aquele maldito e a sua cambada de valentões. As lágrimas voltaram aos seus olhos, mas, desta vez, não rolaram ladeira abaixo, era como se ele tivesse ficado seco depois de tanto tempo. Devia estar ali há horas, escondido de todos, sofrendo a sua desgraça, a desgraça que ele mesmo tinha causado. Escondido da vergonha do pai acorrentado, da própria inutilidade, dos gritos da irmã.

Sua irmã. Ela já não gritava há algum tempo. Lembrar dela o deixava ainda mais infeliz, se é que isso era possível. O alçapão de acesso abriu-se e uma cabeça apareceu, olhando na direção deles. O escriba terminou de subir e sentou-se ao lado dele. Sierkgaard recuou para seu recanto e ficou de cara fechada, o máximo que pôde. O escriba não disse uma palavra.

—Minha irmã... —o menino finalmente disse, mas não conseguiu terminar a frase. As palavras ficaram presas em sua garganta.

—É melhor você não pensar nisso agora. Esperançosamente, Manakin a manterá para si e isso lhe dará uma chance de sobreviver. Pelo contrário, se ele a entregar aos seus soldados... bem, você deveria se acostumar com a ideia de que sua família está morta.

—Como você pode falar assim? É minha família! — protestou o menino, mas o homem continuou, imperturbável.

—Você deveria ter pensado nisso antes de correr como uma criança! Quanto mais rápido você virar a página, mais chances você terá de sobreviver, de traçar uma linha de ação e quem sabe, no futuro, você até será compensado por tudo isso. O mundo dá muitas voltas. Mas, se você for morto por algo estúpido ou esperar por um milagre que provavelmente não acontecerá sem fazer nada a respeito, então, tudo acabará. A vida não tem piedade dos fracos, filho. Você está começando a aprender da maneira mais difícil e muito cedo.

—Devo salvar meu pai de alguma forma, preciso conseguir fazer alguma coisa.

—A vida também não tem piedade de pessoas estúpidas e parece que você realmente não aprendeu nada. Seu pai está no meio do acampamento, mais protegido que o próprio rei. Se você não pode ajudar sua irmã, que está aqui em sua própria casa, nas mãos de Manakin e possivelmente de sua escolta, o que você poderá fazer contra um exército em meio a uma ocupação?

O menino bateu na parede para desabafar sua frustração. Então, ele enrolou-se novamente, abraçando as pernas contra o peito e apoiando a cabeça nos joelhos. O cronista pensou que talvez estivesse sendo muito duro com ele, mas, esse tipo de situação traumática não poderia ser superada com mimos, então, era melhor que o garoto perdesse a ingenuidade de uma vez e se concentrasse em sobreviver. Era o que seu pai teria desejado.

—Meu pai... Você o conheceu? Ele não era um guerreiro? —perguntou o menino.

O escriba suspirou e passou o braço pelos ombros do garoto.

—Seu pai é o maior homem que já conheci. Como lutador, ele não tinha ninguém igual em força ou habilidade. Até os seus inimigos falam dele com respeito. Aqueles que ainda estão vivos, é claro, exceto Cabeça de Aço. O reino lhe deve muito, mas ele caiu em desgraça com o rei e decidiu exilar-se e deixar o exército. Mudou de nome e começou uma nova vida, bastante errante no início, até conhecer sua mãe e se estabelecer aqui, quando esta região ainda não fazia parte do reino de Argea. E desde então, ele tem estado ocupado, cuidando de você e te afastando da vida que ele levava. Mas, às vezes, o destino é como um caminho tortuoso, quando você menos espera, descobre que ele deu meia-volta e você voltou ao mesmo lugar.

—O que aconteceu? Diga-me...

—Seu pai, sob o nome de Vero Sangue-frio, liderou a conquista de Darengorr. Dois anos de cerco, escaramuças e combate aberto. Os varaniânos travaram uma luta desesperada, a sua resistência custou muitas vidas, no final, tínhamos perdido tanto que nem parecia uma vitória. Enfurecido com tudo isto e encorajado pelos seus conselheiros, que consideravam os varaniânos um perigo do qual era melhor livrar-se de uma vez por todas, o rei ordenou o extermínio dos sobreviventes. Seu pai vem de uma linhagem muito antiga, descendente dos antigos Arkons, pessoas que respeitavam a vida e as criaturas, apenas por princípio. Ele se recusou a cumprir a ordem de extermínio total, isso foi o seu fim. O rei anterior, pai de Bréndel, que já tinha abdicado em favor de seu filho e tinha se retirado para uma vida mais tranquila, era um grande amigo do seu pai e do seu avô. O velho rei conversou com o filho e intercedeu pela vida do Vero. O rei Bréndel sabia que uma medida muito drástica causaria inquietação entre os soldados, até mesmo uma insurreição, já que Sangue-frio era muito popular entre os seus homens. Isso não era nada conveniente numa época em que o reino estava enfraquecido pelas guerras. Então, o rei permitiu que ele desertasse secretamente e permanecesse anônimo, assim Bréndel fez o que sempre faz, sempre que lhe convém: olha para o outro lado.

—Mas, então, Manakin não tem o direito de...! — protestou o menino, mas o escriba o interrompeu.

—Você quer abaixar a voz? Manakin tem todo o direito que sua posição lhe confere! Ele só quer sua vingança pessoal porque a inveja o corrói. Ele está no comando do exército e o rei nem vai descobrir.

—Você pode contar a ele... —Sierkgaard choramingou.

—Posso, sim, mas não vou fazê-lo! Quando a notícia chegar à Capital, Manakin terá feito o que achar adequado com seu pai. Por outro lado, ele provavelmente está de olho em mim. Ele é um cara muito desconfiado e não vai ignorar o fato de que seu pai e eu somos velhos conhecidos. Sua melhor oportunidade já passou, Sierky. Você jogou tudo ao mar quando foi desobediente, lembra? A única maneira de seu pai ser salvo é Manakin morrer logo e isso é improvável. Como eu te disse, garoto, é melhor você entender. E agora desça, Manakin tem o hábito de manter todos ao seu redor muito próximos e se ele não vir você, no prazo que considera prudente, as coisas podem ficar muito feias para você. Seu pai gostaria que pelo menos um de vocês sobrevivesse.

—Se ele quisesse, teria nos defendido. —respondeu o jovem, com amargura.

—E isso os teria condenado. Acredite, conhecendo seu pai, se essa situação tivesse ocorrido sem vocês em casa, a história seria bem diferente. Mas, a partir do momento em que Manakin entrou pela porta com você, seu pai já estava acorrentado. Aprenda com ele e viva para lutar outro dia.

Sierkgaard começou a chorar, novamente.

—Eu decepcionei meu pai...! —ele murmurou.

—Não, ainda não! —o escriba o consolou, enquanto se dirigia para a escada. —Mas, provavelmente você o decepcionará se não sobreviver.

As ordens de Manakin foram cumpridas à risca. Os habitantes da cidade foram reunidos na praça do mercado por horas. Os soldados demoraram a contar, permitindo que conjecturas e especulações despertassem medo na população, para que assim fossem mais dóceis de lidar. Manakin falou com eles sem rodeios, fazendo-os entender que não estava pedindo um favor, mas ordenando o que deveriam fazer. A partir de agora, a cidade seria sua até o final da campanha e se tornaria seu estado-maior. Portanto, esperava cooperação total, para evitar danos e descontentamentos. Os soldados teriam todos os direitos, o povo seria colocado numa posição de total servidão, enfim, quem não gostasse das novas leis seria usado para dar uma lição exemplar.

O prefeito manteve sua posição, mas seu papel seria dissuadir os habitantes locais de qualquer tipo de rebelião, bem como denunciar qualquer problema antes que assumisse dimensões preocupantes que terminassem em banho de sangue. Era um exército de cento e trinta mil soldados, contra uma cidade de apenas três mil habitantes. Esse lugar nunca mais seria o mesmo.

Canções heroicas e histórias contam sobre façanhas, sobre guerras travadas nas quais os guerreiros ganharam renome. Nenhuma menciona a destruição que um exército daquela magnitude traz por onde passa. Ninguém fala da deformação do terreno para construir um acampamento que abrigasse tantos soldados, a destruição das colheitas pela cavalaria, o desaparecimento da erva e da forragem, o mau cheiro das valas para os detritos que viajam com o vento daqui para lá. Sem levar em conta os efeitos negativos sobre a população.

Embora a maioria dos soldados fosse mantida do lado de fora e apenas uma pequena guarnição patrulhasse a cidade em turnos, era difícil evitar abusos ocasionais. Eram guerreiros tensos à espera de uma luta, loucos para descarregar a violência reprimida com a qual se encheram por dentro para manter a coragem, e agora, na expectativa da batalha iminente, a ferocidade transbordava como a baba de um cachorro raivoso. As jovens eram as que mais sofriam e, mesmo quando os capitães faziam o possível para manter a devassidão sob controle, na maioria das vezes, faziam vista grossa. Seus subordinados logo enfrentariam a morte, eles tinham direito a um último momento de prazer. De qualquer forma, no final das contas, era apenas uma vila fronteiriça, provavelmente mais simpática ao inimigo do que ao reino e isso, aos olhos dos soldados, os tornava tão inimigos quanto os elfos que se propunham a enfrentar.

A única esperança da cidade era a cautela quase excessiva de Manakin, que não desejava fazer uma estadia prolongada. Os soldados podiam ficar relaxados demais, por outro lado, esconder um exército de tal magnitude era muito difícil, muito provavelmente os elfos já sabiam que eles estavam chegando e quanto mais tempo ficassem detidos, mais tempo o inimigo teria para preparar a defesa. Ser derrotado nem passava pela cabeça de Manakin.

Três dias se passaram desde a chegada desastrosa dos proclamados libertadores, que só trouxeram guerra e infortúnio. Para Sierkgaard, pareceram três meses.

Tinha sido um inferno doloroso e lento. Ele sabia que seu pai estava vivo, um soldado lhe dissera secretamente, em troca de uma poção para um problema de estômago.

Sua irmã também estava viva, ele a tinha visto algumas vezes quando Manakin o chamava para fazer alguma coisa, sempre seminua, sempre na cama, escondendo os olhos ou fingindo estar dormindo para não ter que falar com ele, para que ele não tivesse que vê-la na nessa situação vergonhosa.

Quando Manakin percebeu, divertiu-se muito e o forçou a olhar. Cabeça de Aço falou que um guerreiro tinha que saber lutar tanto na cama quanto no campo de batalha, que a espada não era a única arma com a qual venciam batalhas, derrotar os inimigos poderia ser muito gratificante, mas não se comparava a derrotar uma mulher e continuou vexando sua irmã.

Sierkgaard ficou o tempo todo olhando-o nos olhos, com o rosto impassível, sem derramar uma única lágrima, buscando registrar uma imagem que lhe desse coragem para o que se passava em sua cabeça. Ele não iria descansar até poder urinar no cadáver de Manakin, Cabeça de Aço. Só precisava de uma chance.

Ao sair da habitação, o menino viu o escriba encostado numa parede no final do corredor. Não tinha nem um único guarda por lá.

Manakin poderia ser muito desconfiado, mas a confiança nele mesmo tinha deixando-o um pouco relaxado. Ele provavelmente não esperava ameaças imediatas, era um cara muito satisfeito consigo mesmo. Isso teria permitido ao escriba chegar lá e esperar... Esperar o quê?

O escriba não falou uma palavra, não fez nada que revelasse o que estava fazendo ali. Quando Sierkgaard saiu e percebeu sua presença, o homem apenas continuou olhando para frente e depois deu longos e silenciosos passos em direção às escadas que levavam ao andar inferior. Sierkgaard jurou que o viu suspirar de alívio.

Finalmente, a batalha começou. O exército marchou sobre Moravandrin, com a brutalidade de uma tromba d'água se arremessando contra a costa. As fazendas mais próximas da fronteira foram arrasadas e os habitantes forçados a fugir ou massacrados sem escrúpulos. Os soldados marcharam em ritmo acelerado para iniciar o cerco, o mais rápido possível. Um destacamento de cinco mil homens cavalgou em direção aos pontos mais importantes do país, causando estragos por toda parte. Eram todos paladinos, endurecidos e experientes em combate, com um propósito em mente, cumprir as ordens do rei: remover, para sempre, aquela raça ameaçadora.

Moravandrin era uma terra élfica por direito. Os elfos cinzentos, que adoravam habitar nas cidades, sempre viveram lá e não se referiam a esse espaço nem como país, mas sim, como parte deles mesmos.

De acordo com a sua ideia de arquitetura, os elfos tinham construído a cidade, que se tornou a capital, como um conjunto de casas interligadas como uma colmeia, que rodeava um palácio de formas pitorescas e muito elaboradas, todo feito de mármore azul das pedreiras de Karradon, do outro lado do mar.

Ao começarem os primeiros atritos com os humanos, eles ergueram uma grande muralha defensiva circular em volta da a cidade, mas com o passar do tempo, outros pequenos povoados foram construídos nos arredores, ampliando o território ocupado por aquela raça. Para completar, alguns elfos mais cautelosos, ou membros de outras castas, juntamente com alguns humanos simpatizantes, formaram um sistema de fazendas muito produtivas nas bordas do território, tomando o máximo de terra que conseguiam cultivar. O comércio expandiu-se e ganhou força e a cidade entrou na sua idade de ouro.

Quando, muitas gerações atrás, o Rei Arubas, a tocha, iniciou suas guerras de expansão, buscando a supremacia da raça humana sobre as demais criaturas de Aurória, a hostilidade dos elfos cinzentos foi imediata.

Vindos de além-mar, os Daesendrin, conhecidos como os cinzentos por causa da cor da pele, revelaram-se entre os elfos como uma das raças mais belicosas e guerreiras. Bons estrategistas e eficazes no combate. Enfrentaram os homens e os mantiveram afastados durante vários séculos, numa sucessão de guerras e tréguas, até estabelecerem uma fronteira fixa e inviolável, num território mais estreito que o original.

O rei de Argea, naquela época, feliz com os resultados obtidos até o momento, finalizou as guerras e deixou os elfos em paz, por um tempo. No entanto, o ocupante atual do trono de Argea tinha outras intenções.

O fator surpresa foi decisivo para Manakin, que desferiu um duro golpe ao cruzar a fronteira, a uma velocidade surpreendente para um exército tão grande, mas a verdadeira batalha começaria com o cerco à capital. Manakin permaneceu em Maltea confiando na habilidade de seus ajudantes de campo. O plano era bem conhecido e com a sua experiência em combate saberiam como superar obstáculos, mas por precaução, ele havia estabelecido um sistema de comunicação muito eficaz, baseado em pura magia, para que a notícias circulassem o mais rápido possível. Enquanto isso, nos arredores da cidade, uma guarnição de três mil homens permanecia pronta para qualquer contingência. Alguns generais, com seus guarda-costas e a guarda pessoal do comandante, permaneceram dentro da cidade, com um pequeno regimento de guardas e patrulhas.

Os elfos responderam, guarnecendo a capital na qual sustentariam um cerco suicida, enquanto esperavam que a guerra de desgaste mudasse a opinião dos humanos e alcançassem algum tipo de acordo. Os atacantes esperavam maior resistência, mas não foi surpreendente que a prudência ou o medo diante de um exército daquela magnitude os fizesse desistir de enfrentar o campo aberto. Seria uma luta em que o tempo era essencial.

Por sua vez, o sonho de Sierkgaard, de se livrar da presença de Manakin, foi por água abaixo. Ele esperava que o general partisse para a batalha, o que lhe daria alguma margem de manobra para traçar uma estratégia para resgatar seu pai e sua irmã. Talvez até algum elfo lhe fizesse o favor e eliminasse da contagem entre os vivos aquele verme, para ver que história heroica eles contariam sobre sua participação na guerra.

De vez em quando, o escriba dava uma espiada nele, pelo menos, ele achava que não tinha percebido, mas estava começando a ficar óbvio demais. Aparentemente, o homem estava com medo de que o garoto fizesse um movimento inadequado que despertasse a ira do paladino, mas, Sierkgaard havia aprendido muito sobre a vida real naquela época para fazer uma coisa tão estúpida. Quando você tinha que matar uma fera e só tinha uma lança, não poderia cometer o erro de atacar de frente a fera. O melhor era quebrar a lança em pedaços, afiá-las bem, enfiá-las firmemente num buraco previamente feito e fazer o animal cair dentro dela. A parte ruim é que para esse tipo de armadilha, você precisa de uma isca apropriada, geralmente a melhor isca é você mesmo. Sierkgaard estava determinado, com ou sem a vigilância do escriba, a se vingar de todos os abusos que sua família havia sofrido. Somente era necessário ter paciência, muita paciência.

O cerco tinha começado e o exército do rei Bréndel atacou, com toda a força que pôde, tentando incutir medo nos sitiados, forçando-os a capitular.

As catapultas dispararam indiscriminadamente, destruindo a cidade, procurando criar o caos tanto entre os guardas como entre os civis.

O palácio principal recebia ataques mágicos dos clérigos de mais alto nível que acompanharam o exército, enquanto os feiticeiros de guerra invocavam elementais para destruir as muralhas e abrir uma brecha para penetrar.

Por sua vez, os elfos não se intimidaram com o número de atacantes. O seu sistema de galerias que ligava as casas serviu para minimizar as baixas e as posições defensivas revelaram-se bastante eficazes para manter o inimigo afastado.

Era uma luta desesperada, na qual o primeiro a dobrar o joelho poderia ser o perdedor. Uma guerra feroz.

No meio da batalha, uma torre de cerco destruída por um ataque mágico desabou, perigosamente, perto da posição de Cabeça de Aço, que gostava de correr certos riscos no campo de batalha, expondo-se com seus homens de vez em quando.

O cerco tinha começado e o exército do rei Bréndel atacou, com toda a força que pôde, tentando incutir medo nos sitiados, forçando-os a capitular.

Um pedaço de madeira atingiu o paladino, derrubando-o do cavalo. Sua escolta correu para cobri-lo, mas o grandalhão já estava de pé, recusando ajuda e xingando os magos élficos. Ele pegou as rédeas do cavalo, que já estava de pé, e voltou a montar sem ajuda, mas era evidente que sentia fortes dores por causa do golpe. Mesmo assim, Manakin aguentou tenazmente e continuou a marchar pelas fileiras e a arengar aos seus homens para preparar um novo assalto contra as muralhas.

Enquanto tudo isso acontecia, as coisas em Maltea, finalmente, pareciam estar indo bem para o jovem Sierkgaard. Manakin e sua guarda pessoal tinham partido partiram para a frente de combate, deixando apenas três homens guardando a casa, para que "as coisas continuassem bem quando voltassem", segundo as próprias palavras de Cabeça de Aço.

O líder dos três guardas era um tal de Remi, um sujeito cujo rosto parecia ter servido de bigorna para confeccionar as espadas da campanha, só de olhar para o rosto dele as pessoas ficavam nervosas. Seu temperamento não era muito melhor e ele deixou bem claras suas intenções de que quando seu chefe voltasse, ia querer que até a água do banho estivesse quente, caso contrário, alguém iria passar muito mal.

Sierkgaard assumiu sua expressão mais prestativa e humilde e aproveitou a oportunidade para visitar sua irmã e verificar seu estado. Ele teve que apertar os lábios com força para não gritar.

Sua irmã quase não estava viva, para não mencionar que estava irreconhecível entre hematomas e feridas.

Sierkgaard lavou-a, o melhor que pôde e, na hora do almoço, preparou um caldo e tentou fazê-la beber. Esta tarefa foi muito difícil sua irmã não conseguia nem falar, mas estava claro que ela pretendia morrer.

Sierkgaard sentiu isso nas lágrimas que escorriam pelo seu rosto, na sua recusa em se alimentar. Se ele fosse mais velho, ela provavelmente teria implorado que ele acabasse com seu sofrimento. Porém, o jovem estava determinado a não deixar ninguém morrer. Não, enquanto estivesse em suas mãos. Depois de um tempo, sua irmã estava dormindo e ele refletia sobre uma maneira de tirá-la de tudo aquilo, quando alguém bateu, discretamente, na porta.

O coração do menino disparou, como um cavalo em fuga. Múltiplas possibilidades passaram por sua mente e nenhuma delas era lisonjeira. Ele decidiu que era melhor se esconder e se esgueirar para debaixo da cama. Já veria como consertar as coisas mais tarde. Depois de uma segunda batida, a porta abriu-se, suavemente e botas de cano alto entraram na sala.

Era o escriba. Bem devagar, para não fazer barulho, o garoto começou a sair, lentamente, de seu esconderijo, no lado oposto de onde o homem estava e levantou-se o suficiente para ver o que fazia na cama da irmã. Qual foi sua surpresa quando o viu derramando um frasco com uma poção azulada na boca da jovem.

—O que você está fazendo? —repreendeu Sierkgaard.

O escriba nem se surpreendeu, com muito cuidado, terminou o que estava fazendo, enquanto Silene tossia um pouco, engasgando-se com o líquido.

—É hora de ir, —finalmente disse o escriba, —preciso que sua irmã esteja o mais recuperada possível ou a fuga pode ser arruinada.

—Mas, escapar? —Sierkgaard ficou atordoado. —O que você está dizendo? Você está louco?

—Ouça com atenção! —o escriba olhou-o, muito sério, —não tenho tempo para lhe dar todas as explicações. Seu pai tem amigos leais até no exército. É uma questão de tempo até que o ajudem a escapar. Vou tirar você e sua irmã daqui para encontrá-lo mais tarde. Mas tem que ser agora. Manakin está ferido e eles vão transportá-lo magicamente para cá a qualquer momento, quando ele chegar, você não poderá mais estar aqui. Não cometa o mesmo erro duas vezes!

Para Sierkgaard, a notícia não poderia ser melhor, aliás, foi tão boa que ele nem acreditou. As palavras do escriba passaram por sua mente de forma tão rápida que ele não conseguiu assimilar totalmente a mensagem. Ele não sabia se ria ou chorava de alegria, mas, de repente, seu rosto escureceu.

—Leve minha irmã! Salve-a! Obrigado por ajudar meu pai... tenho que ficar.

O escriba olhou para ele, carrancudo, e depois falou lentamente, enfatizando as palavras:

—Escute-me! Eu sei o que você está pensando, há muito tempo, nesse seu cérebro sombrio e sinistro! Você não tem chance contra Manakin! Estamos falando de um guerreiro endurecido, eu o vi cortar cabeças depois de receber um ferimento que mandaria qualquer um para a cama pelo resto da vida. Você deve ter aprendido a usar a faca de cozinha há alguns dias. Não me engane sobre não querer vingança e pegue de uma vez o que a vida lhe dá. Estou arriscando muito para fazer isso e há pessoas por aí que vão se tornar párias do reino só para ajudar você e seu pai. Não é hora para heroísmos vãos! Você terá tempo para a sua vingança, depois.

—Eu não vou embora! —O rosto do jovem estava cheio de resolução. —Você mesmo disse: A única maneira de isso acabar é com Manakin morto.

De repente, a porta abriu-se, abruptamente e o Remi entrou, como se os próprios elfos tivessem rido da feiura de seu rosto.

—Se pode saber...? Que diabos...? —Seu olhar passou do menino para o escriba e seus olhos se estreitaram, suspeitando que algo não estava indo como deveria.

Sem dizer muitas palavras, levou a mão à espada, mas o escriba, num gesto rápido, atirou-lhe a bacia que ainda continha a água da alfazema da manhã. Remi ergueu as mãos reflexivamente, para se proteger e o escriba correu em sua direção rapidamente, com a adaga na mão.

Sierkgaard nem viu quando o escriba tinha sacado a arma, o que pôde ver foi como ela desapareceu na axila direita do homem, bem no vão da junta entre a ombreira e o peitoral. O soldado arregalou os olhos enquanto se engasgava, tentando dar um grito, que o sangue impediu de sair. O escriba terminou o trabalho, desta vez, enfiando a adaga sob a mandíbula e depois segurando o corpo para que não fizesse barulho ao cair.

—Bem, agora sim que estamos ferrados, —comentou o escriba, limpando a adaga nos lençóis.

Sierkgaard olhava tudo, com os olhos saltando das órbitas. Não esperava aquela agilidade e sangue frio de um homem de letras. O escriba, adivinhando seus pensamentos, o repreendeu.

—O que está acontecendo? Você nunca viu como é que se mata um filho da puta? Tome nota, se você planeja vingar-se de Manakin.

—Não achei que você fosse capaz de... —o jovem gaguejou.

—De matar alguém? Como você acha que sobrevivi todo esse tempo na Corte? Escrevendo? É melhor você me ajudar a limpar essa bagunça, não temos muito tempo!

Os dois começaram a trabalhar, limpando o sangue do chão. Depois de terminar tudo, prepararam-se para atender Silene, que já recuperava a consciência. O escriba contou-lhe tudo o que estava acontecendo enquanto a ajudava a se preparar para partir. Com palavras concisas, ele explicou-lhes o plano. No porão, seu pai, sempre previdente, havia construído uma passagem que levava à periferia norte da cidade, dando acesso a um pinhal em que os lenhadores procuravam madeira. Era uma rota de fuga para uma situação como essa e, provavelmente, teria sido usada muito antes se Sierkgaard não tivesse frustrado os planos do escriba de avisar a família para fugir. Tudo aconteceu rapidamente, mas a garota, apesar do terror que sentia, assimilou as palavras e se preparou para fazer o que fosse preciso para tirar Manakin de cima dela.

Juntos, enrolaram o corpo do morto em cobertores que tiraram do armário e, com Silene observando, começaram a descer até o porão, carregando o corpo. Chegando lá, eles começaram a mover uma das mesas que Dustkaard usava para preparar poções. O mecanismo estava um pouco rígido por causa do desuso e foi necessário o esforço dos três para fazer a mesa girar sobre uma das pernas. Uma parte do chão se moveu e revelou um vão com uma escada de madeira improvisada que desaparecia na escuridão.

O escriba procurou entre as coisas que o dono da casa guardava naquela parte da casa, até que, finalmente, encontrou uma tocha que preparou para acender, com uma das grossas velas acesas que iluminavam o local. Silene contou os minutos com o coração batendo forte, esperando que algum soldado chegasse de repente, com espada na mão. Sierkgaard, por sua vez, parecia calmo, como se soubesse de antemão que, desta vez, tudo iria dar certo. O cronista manteve o rosto impassível, sem demonstrar qualquer emoção, mas sua testa frequentemente estava coberta de suor tão abundante que ele era forçado a enxugá-la com a manga da camisa.

O escriba desceu primeiro e depois pediu ao jovem que ajudasse a irmã. Sierkgaard sorriu e Silene, por sua vez, sorriu de volta, ela queria fazer o irmão entender que ela também confiava que tudo daria certo, para enchê-lo de segurança, era a sua responsabilidade, como irmã mais velha, cuidar dele e não o contrário. Ela desceu, resoluta, esperando que o tremor de suas pernas não a traísse, quando, de repente, sentiu a luz fraca e o leve som de madeira contra madeira soando acima de sua cabeça. Seu irmão estava fechando a porta.

Silene não conseguia acreditar. Ela gritou insultos contra o irmão, batendo com os dois punhos no peito do escriba quando o homem tentou contê-la. A jovem queria quebrar seu próprio coração por sua má sorte.

Tudo estava indo tão bem. Ela não conseguia acreditar no que Sierkgaard estava fazendo, era como trair a família. Acaso aquele moleque ingrato ainda queria fazer parte do exército depois das coisas que eles fizeram com ela.

O escriba a empurrou, sem muita consideração, murmurando frases como "a decisão é dele", "o homem deve saber encontrar o seu caminho", "não há nada a fazer". E, aos poucos, forçou a jovem a caminhar em direção ao túnel para juntar-se ao pai.

Sierkgaard terminou de lavar as mãos e, ainda enxugando-as num pano, caminhou em direção ao quarto da irmã. Com gestos estudados, como já tinha feito tantas vezes, começou a arrumar a cama e tudo que estava fora do lugar, até preparou uma mesinha com alguns petiscos para quando Manakin chegasse. Se ele estivesse ferido, eles o levariam direto para aquela sala e ele ficaria esperando. Sua irmã e seu pai estavam seguros, ele não tinha mais medo.

O garoto ficou parado por cerca de meia hora antes de ouvir a voz alta de Cabeça de Aço gritando ordens para seus soldados. A porta abriu-se com um solavanco horrível contra a parede.

Manakin entrou, mancando, sem armadura e com a perna enfaixada. Foi claramente um trabalho apressado, mas não parecia nada sério, provavelmente, um osso quebrado.

O guerreiro observou a sala com um olhar rápido e desconfiado, depois pousou os olhos em Sierkgaard, que estava parado ao lado da mesinha com frutas e carne seca, com a cabeça baixa, em submissão.

—Onde está a sua irmã? —perguntou Manakin, bruscamente.

—Estava morrendo, senhor, precisava de um curandeiro. —O garoto respondeu, tentando, ao máximo, soar o mais plausível possível. O homenzarrão resmungou, com um gesto de aborrecimento e mancou até a cama, sentando-se o melhor que pôde, com a perna estendida.

—Quem disse que ela estava morrendo? —perguntou novamente, com os olhos fixos no jovem.

—O escriba, senhor. Subi para limpar o quarto e chamei-o, porque fiquei com muito medo, minha irmã não respondia, senhor.

—Esse maldito escriba... —Manakin bufou, descontente, —quando ele retornar, teremos algumas palavras. Ninguém aqui vive ou morre sem minha permissão. Por que o guarda não me informou disso?

O jovem ergueu os olhos aos poucos e olhou-o nos olhos, era como olhar para um falcão.

—Não sei senhor, o Remi foi junto com o escriba para ver se tudo estava indo bem. O escriba disse que não gostaria que ela morresse, e que responsabilizaria o Remi quando você chegasse caso não permitissem que ele a levasse a um curandeiro. Remi então decidiu ir com eles para que "não houvesse truques", segundo as suas próprias palavras.

—Hmmm! Parece algo que o escriba faria, sim. E também parece algo que o Remi faria. Há quanto tempo foi isso?

—Há quase de uma hora, senhor.

O ferido pareceu satisfeito com a explicação e, tirando o gibão de couro que vestia, fez sinal para que o menino lhe entregasse a bacia. Sierkgaard, ficou aliviado por tudo estar indo bem, pelo menos por enquanto, levou-a solicitamente. Manakin começou a se lavar, lançando olhares ocasionais para o menino como se estivesse avaliando suas reações. Depois de limpo, ele se preparou para comer. Sierkgaard aproveitou a oportunidade para observar o torso nu do soldado. Ele tinha alguns hematomas graves no lado direito, provavelmente uma costela que não resistiu ao golpe.

—Você está pensando que eles me deram uma boa, né? Que herói eu sou! Primeiro dia na linha de frente e volto aleijado e com o rabo entre as pernas! —falou Manakin e soltou uma risada enorme.

—Não, soldadinho, —continuou ele, —isso acontece com os verdadeiros heróis, com aqueles que não ficam atrás das fileiras comandando isto ou aquilo, mas com aqueles que se arriscam e vão à frente de seus soldados. Por que você acha que eles me respeitam tanto? Tome nota para o futuro, talvez você até goste, mas, com esse corpo esquelético você se sairá melhor como cronista do que como guerreiro. Pelo menos você está aqui e não está agindo como enfermeira como aquele idiota, se não fosse pelo rei eu já teria me livrado dele há um tempo, mas, ei, acidentes acontecem, ainda mais em guerras. Olhe para mim! —o paladino riu com a boca cheia até engasgar-se. Sierkgaard entregou-lhe uma jarra de vinho, mas teve o cuidado de não dizer uma palavra.

—Não te preocupes. Falta muito para que um elfo me mate. Essa foi uma daquelas coisas que acontece. — Sierkgaard o ouviu fingindo atenção, ficou surpreso como ele conseguia comer e falar ao mesmo tempo. Provavelmente coisas que se aprendeu a fazer no exército para dar ordens sem perder tempo se alimentando.

—Os feiticeiros cuidaram disso. Um pouco de descanso e ficarei como novo. Queria que eles também tivessem cuidado um pouco da dor. Mas a dor é importante, rapaz. É como uma voz gritando que você está vivo.

—Se quiser, posso preparar algo para a dor, senhor. — Sierkgaard ousou dizer. Manakin parou de comer e prestou atenção nele, como se o visse pela primeira vez, dentro da sala.

—Por que não? —disse ele, pensativo, como quem procura uma armadilha que não consegue perceber— Afinal, isto aqui é uma botica, certo? E você é filho de boticário, deve saber alguma coisa sobre ervas. — Manakin sorriu—Agora você vai me preparar uma mistura. Não, não quero nada que esteja na prateleira, quero algo que você prepare para mim, mas vou te dar os ingredientes que você vai usar. A vida de soldado leva você a aprender muitas coisas e uma delas é saber o que você coloca na boca. É muito duro morrer envenenado por um covarde. Eu sei que você quer vingança, garoto. Já vi esse olhar em muitos olhos para não o reconhecer. Você me vê aqui e acha que estou fraco, convalescente, acha que esse é o seu momento. Bom, vou te dar uma chance, mas não vou facilitar para você, Brambo! — chamou Cabeça de Aço.

Imediatamente, passos apressados foram ouvidos no corredor, até que a porta se abriu um pouco e o homem em questão entrou, discretamente.

—Meu Senhor!

—Confira as prateleiras atrás do balcão da sala! Procure por abulemia, folhas de salgueiro azul, merilho e dormelobos! Traga um pilão também, caso não encontre algum ingrediente, me avise!

O soldado saiu para cumprir a missão e Manakin ficou novamente sozinho com o jovem.

—Você sabe qual é o maior medo de um guerreiro? — perguntou, com um sorriso enigmático.

—Morrer, senhor? —o jovem respondeu, ingenuamente. Ele parecia um cordeiro enfrentando um lobo.

—Não, o medo da morte é um absurdo, morrer é algo que acontece com todos nós. Mas, uma morte injusta, depois de uma vida de glória, isso é algo assustador. Uma flecha disparada de longe por um arqueiro sem nome, que talvez nem saiba quem terá o azar de cair pela sua mão. Uma doença de campanha em território desconhecido. Um feitiço... veneno. Esse é o maior medo de um guerreiro, uma morte estúpida em mãos desconhecidas, anônimas, que talvez nem obtenham o reconhecimento de terem tirado um herói da face da terra. É por isso que corro riscos com os meus homens. Se isso vai acontecer comigo, prefiro que seja no campo de batalha, fazendo o que gosto.

Sierkgaard consentiu. Duas batidas leves na porta anunciaram o retorno de Brambo, que voltava com os ingredientes. Manakin acenou para ele entrar, quando o homem colocou a cabeça para fora. Com as mãos engorduradas da comida, ele pegou a bandeja com o que sobrou e colocou no colo, para abrir espaço na mesinha.

Brambo, então, deixou os ingredientes solicitados, espalhando-os da melhor maneira que pôde e mencionando os nomes de cada um, depois, pediu permissão para sair.

—Como você vê, até meus homens sabem o que estão fazendo. —disse Cabeça de Aço, presunçosamente— Agora, você pode começar!

Sierkgaard pegou os ingredientes e, usando o pilão, despejou-os na ordem correta enquanto macerava com segurança. Manakin observou-o fazer o trabalho, com interesse.

—Bem, muito bem. Parece que você sabe o que está fazendo. Agora, se você fosse me envenenar, como faria isso se eu não conseguisse tirar os olhos de você? Lembre-se de que esta será a única chance que lhe darei.

Manakin passou a mão pela cabeça lisa enquanto observava o menino, com interesse. Ele se sentia como um gato brincando com um rato. Sierkgaard, por sua vez, leu nas entrelinhas que provavelmente não duraria até o nascer do sol. O paladino claramente não aceitou bem o fato de que suas ordens sobre a Silene não tivessem sido cumpridas à risca.

—Você sabe sobre ervas pelo que posso ver, existem algumas que te ajudariam a dormir relaxado a noite toda. Por que você não usou nenhuma? —perguntou o garoto.

—Não quero dormir, só quero aliviar a dor. Alguns ossos quebrados não são grande coisa, mas, quando eles estilhaçam, a história é outra. Não queria ocupar muito os feiticeiros. Aguentei toda a cura acelerada, o que não é pouca coisa e, agora tenho que esperar sarar completamente. Só quero estar pronto para amanhã e sua poção pode ajudar muito com o toque.

—Infelizmente, não tenho o talento, pelo menos não esse. Quem se ocupava de pôr o toque nas poções era meu pai, —disse o menino, com tristeza.

—Como é isso? Um boticário sem o dom do toque! Não é algo hereditário? —Manakin estava pensativo, ponderando sobre uma nova descoberta. —Sim, você pode ter herdado outro talento. É normal que a magia da tatuagem desenvolva diferentes habilidades nos soldados, que por sua vez, podem ou não as transmitir a outras gerações, sendo o talento de cura o mais comum. O toque, como chamamos no exército.

—Sim, as pessoas comuns também costumam chamar assim. Ajudo meu pai a preparar algumas misturas e analgésicos, mas é ele quem dá o toque mágico quando necessário. Ele tem talento para curar, mas isso não se desenvolveu em mim.

—Bom, o que é um boticário sem talento? É tão inútil quanto osso sem carne. Bem, talvez você possa ocupar o lugar da sua irmã esta noite. Quando se faz campanha há muito tempo, uma mulher ou um jovem sem barba serve aos mesmos propósitos, —Manakin sorriu, maliciosamente, —depende de quanto essa sua poção me ajudar.

Sierkgaard serviu vinho em quantidade generosa para misturar todos os ingredientes e realçar o sabor. Ele pegou a jarra nas mãos por alguns segundos, como se estivesse pensando no próximo passo. Manakin ficou de olho nele, que acompanhara todo o processo com a visão aguçada, sem nem piscar, era um homem que não gostava de surpresas. O último comentário surtiu o efeito desejado; agora, o menino estava hesitante, provavelmente desejando não ter mencionado nada sobre poções analgésicas.

Ele sorriu para si mesmo, adorava aquele momento em que suas vítimas descobriam que a esperança que mantinham era apenas uma ilusão enganosa.

—Me dá isso aqui garoto, não temos a noite toda!

E tirando o recipiente das mãos, bebeu o conteúdo até o fundo, depois jogou o jarro de lado e enxugou-o, com as costas da mão.

—Sim, é bom! Você sente o calor penetrando no corpo, ele faz efeito rapidamente. Qualquer um juraria que ele tem o toque no ponto certo. Tem certeza de que seu pai não mentiu para você sobre isso, garoto? Talvez ele não queira que você o deixe sem emprego.

Sierkgaard suspirou, sua resposta foi lenta, cheia de equilíbrio, era como se tivessem mudado uma pessoa e colocado outra em seu lugar. Manakin observou-o objetivamente, como se quisesse adivinhar seus pensamentos. De repente, aquele que estava à sua frente parecia outro menino.

—Papai realmente não gosta que eu fale sobre isso. Olhe só, o problema não é que eu não tenha o toque, como o senhor o chama. Na verdade, eu o possuo. Mas não é útil para a cura. Durante toda a minha vida, minha família manteve isso em segredo e me criaram como se eu tivesse uma doença contagiosa que devesse ser escondida do mundo. Cheguei até a pensar que estava amaldiçoado! Mas, devo agradecer a você, Manakin, Cabeça de Aço, porque você me ensinou como usar meu talento e ser feliz com ele.

O homem sorriu, pensando que o jovem estava ficando dócil e o bajulava para amolecê-lo.

—E, em gratidão pela sua deferência, dei-lhe a honra de ser o primeiro com quem o uso conscientemente. Anteriormente, isso só aconteceu uma vez, por acidente. Algo muito estranho. Simplesmente tocando um recipiente e tentando infundi-lo com a magia necessária, posso corromper qualquer poção e torná-la venenosa, letal. A princípio, a poção parece fazer o efeito desejado, mas, depois de pouco tempo, mata, sem remédio. Depois, desaparece sem deixar vestígios, uma magia venenosa que desaparece com a alma da vítima... assim. —Ele estalou os dedos para enfatizar suas palavras.

Manakin continuou a sorrir maliciosamente com os lábios, mas seus olhos diziam o contrário. Ele pensou que o menino estava jogando um blefe perigoso. Ele tinha ouvido seu discurso sobre veneno e inventou isso para entrar em sua mente. Certamente ele até pensou que havia descoberto sua fraqueza e o pegou pelas bolas. Agora ele tentaria negociar um antídoto milagroso ou algo assim. A tatuagem dos paladinos servia como proteção contra alguns venenos e magias menores, então, se fosse verdade, o garoto pagaria caro por isso.

Com um movimento rápido demais para alguém convalescente e com uma perna enfaixada, o guerreiro avançou, desferindo um golpe assustador no jovem, jogando-o contra a parede oposta.

—Se for assim, por que não estou morto? Ei? —ele rugiu com fúria. Agora vou mostrar o que é o verdadeiro veneno.

Mas, assim que ele tentou avançar sobre o menino, uma forte dor tomou conta de seu peito. Ele abriu os olhos, horrorizado, numa careta de surpresa e dor incontrolável, olhando para o moleque deitado ali, que ria, com os lábios cortados, babando sangue.

—Sim, Manakin! A circulação acelerada faz o processo ficar mais rápido, agora você vai morrer como um cachorro envenenado e ninguém contará as glórias da sua morte, porque será uma morte estúpida, sem sentido... sem honra! Era a única oportunidade que eu procurava, seu idiota, e você a entregou para mim em uma bandeja de prata! —e ele riu, como alguém possuído.

Manakin gritou, em uma última tentativa de chamar seus guardas. O menino também começou a gritar desesperadamente, fazendo um grande alvoroço.

Quando as escoltas chegaram em massa, o corpo de Cabeça de Aço estava estendido todo sobre as tábuas, em um canto, um Sierkgaard com roupas rasgadas e boca ferida chorava, inconsolável, abraçando os joelhos. Um dos guardas caminhou em sua direção e, agarrando-o pelo braço, sacudiu-o, sem cerimônia, como se fosse um boneco de pano.

—O que diabos aconteceu aqui? Responda!!!

—Não, eu não sei... —o menino choramingou, —ele tomou a poção para dor e disse que se sentia bem e veio em cima de mim e me bateu, e começou a rasgar minhas roupas...e... e de repente, ele se sentiu mal e caiu no chão e... estou com muito medo, não sei o que aconteceu...

por favor, não me mate, eu só quero ficar com minha família... não me mate...

Sierkgaard gritou alto, com gritos de partir o coração. O soldado olhou para ele com desprezo, quase com nojo, pensando se devia acreditar nele ou esfolá-lo ali mesmo. Uma luva de metal pousou sobre o ombro do guerreiro, que nem se virou para olhar quem tentava chamar sua atenção, pois olhava fixamente o garoto, em busca de sinais de que não estivesse falando a verdade.

—Merogen... —disse Brambo, —deixe o menino em paz. Eu mesmo trouxe os ingredientes e vi como ele começou a misturá-los, não poderia ser veneno. Estamos falando do Manakin, lembra? Não há ninguém que possa envenená-lo.

—Eu não confio nesse verme! Ele conseguiu tirar a irmã de lá sem que o víssemos, o Remi não aparece e o escriba ainda não voltou! E agora isso!

—Estamos falando do corpo de paladinos da Irmandade de Pedra! —Brambo insistiu. —Você agora vai sugerir que uma criança que pesa menos que sua armadura causou estragos em nossas fileiras, que envenenou o cara mais durão e desconfiado do reino?

—Brambo está certo, —disse outro guerreiro, com rosto barbudo. Você sabe como era o Manakin, é impossível que um menino enganasse ele bem na frente dos seus olhos. Olhe para o menino, está morrendo de medo. Deixe-o ir, temos coisas mais urgentes para discutir antes que o moral entre em colapso.

Merogen soltou Sierkgaard, abruptamente, e o menino aproveitou a oportunidade para rastejar para o mais longe possível. Parecia realmente miserável.

As ordens começaram a se suceder na sala, não sem alguma discussão. Eles eram soldados experientes, mas, mesmo assim, confrontar a morte prematura e misteriosa do líder causou um choque em suas mentes. Até certo ponto, acreditavam que ele era quase invencível e lhes era difícil assimilar a ideia de mudar a cadeia de comando porque sua maior inspiração não estaria mais com eles. Alguns queriam parar a campanha para realizar um funeral. Outros não acharam apropriado devolver seu espírito ao El Mágico naquela terra imunda, outros desejavam enterrá-lo no campo de batalha, de acordo com sua condição de guerreiro.

No final, decidiram transportá-lo para o reino, por magia e não anunciar ainda a sua morte, pois poderia ser desastroso para o moral dos soldados, alguns eram muito supersticiosos e poderiam interpretar isso como um mau presságio. Então, eles foram procurar o mago de guerra, encarregado das mensagens, para ver o que poderia ser feito. Sierkgaard ouviu tudo isso sem parar de soluçar, permanecendo irrelevante, no seu canto.

De repente, um soldado raso irrompeu na sala. Sua respiração agitada revelava que ele tinha vindo correndo e provavelmente, passando por grandes problemas, pois sua túnica estava manchada de sangue e rasgada, sua cota de malha também mostrava cortes nos braços, deixando a carne exposta.

—Estamos sob ataque! —disse. Todos olharam para ele em choque e descrença.

—Os elfos...! —continuou o soldado, tentando recuperar o fôlego. —Os elfos estão atacando o acampamento!

—Que estupidez é essa?! —rosnou um dos acompanhantes, agarrando o mensageiro pela capa e sacudindo-o, com tanta violência, que quase o fez perder o capacete de aba chata.

—É... é verdade senhor! Um grande número de elfos caiu sobre nós! É como se tivessem deixado meio exército escondido nas nossas costas! Neste momento, a retaguarda está prestes a ser ultrapassada e... isto é... É o nosso Senhor? Nosso senhor Cabeça de Aço?

O homem, com olhos muito abertos, olhou para o cadáver de Manakin, que estava coberto com um lençol. Então, seu olhar passou de um rosto para outro dos presentes. Sua descrença podia ser lida em suas feições, na careta desamparada, no suor que escorria por seu rosto.

—Isto é...? Traição? —Ele quis gritar, mas a mão de Merogen foi mais rápida e enfiou uma adaga em seu pescoço.

Os demais começaram a discutir acaloradamente de novo, protestando contra a ação do companheiro.

—Não podemos deixar o pânico se espalhar! —gritou o paladino, acima de todas as vozes. —Esse rato estava prestes a estragar tudo, se saísse gritando bobagens por aí, nos levaria ao caos!

—Devemos mandar chamar o Sykes! Ele é o mais qualificado para assumir o comando no lugar de Cabeça de Aço, —disse Brambo, —ele teria desejado que fosse assim!

—Os generais não vão gostar! —afirmou um dos presentes.

—Os generais que vão plantar batatas! —cuspiu, Brambo. —A maioria são nobres que só estão no comando por causa de seus títulos e poder! Precisamos de verdadeiros campeões que saibam o que é a guerra! Mande chamar Sykes! Diga que o senhor Cabeça de Aço o solicita aqui, sem perguntas. Então, veremos como lidaremos com a questão da morte. Enquanto isso, é necessário reforçar a guarda da cidade e que alguém se encarregue da batalha no acampamento. Se a situação for tão ruim quanto dizem, organize uma retirada para cá e resistiremos dentro do muro, até chegar o dia. Eu não acho que os elfos trouxeram um exército para nos forçar a um cerco para defender a cidade deles. Maldição, temos o maior exército já visto em Nyrlan!

De repente, o guerreiro se virou para Sierkgaard, que parecia uma estátua no seu canto.

—E você, coitado, procure o Remi e diga para ele vir aqui agora mesmo e deixar de ser dama de companhia! De qualquer forma, sua irmã não é mais essencial.

Sierkgaard levantou-se, ansioso, e se preparou para correr, mas a mão do guerreiro agarrou-o, com força, pelos farrapos restantes de sua camisa.

—E, por El Mágico, —Merogen latiu, cuspindo saliva entre os dentes cerrados, —você não vai querer começar sua carreira de herói hoje, porque é um dia muito ruim e pode acabar rápido demais! Se você não estiver aqui quando eu descer as escadas, vai se arrepender de ter nascido. E não diga uma palavra sobre o que você viu aqui!

O menino assentiu, com a melhor cara de susto que conseguia compor e começou a correr assim que o soltaram, mas, seus passos não eram direcionados para a porta de saída e sim, para o porão da casa.

Ativar a porta secreta, desta vez, não foi grande coisa, pois tinha tomado o cuidado de não permitir que o mecanismo fechasse completamente. Sem se preocupar em acender nada para ver na escuridão, desceu as escadas e correu o mais rápido que suas pernas podiam, embora mal conseguisse enxergar na escuridão, o que aumentava à medida que se afastava da abertura por onde havia entrado.

Lágrimas silenciosas banharam seu rosto. Ele estava satisfeito com o que havia feito, embora ainda não acreditasse. Ele, Sierkgaard, um fracote, como o chamavam, matara um dos maiores heróis do reino. Não sentia nenhum remorso, apenas uma paz imensa. Ninguém, jamais, saberia o que aconteceu, seu nome não apareceria nas baladas dos menestréis, nem nas histórias dos cronistas. Sua satisfação seria somente dele.

A escuridão era agora tão impenetrável que ele teve que parar e começar a andar. Às vezes, ele temia ter se perdido naquele túnel que não conhecia, poderia muito bem haver alguma ramificação desconhecida. Passada a exaltação do início, ele começou a ver as coisas com prudência.

De repente, uma luz apareceu na sua frente, um pouco fraca, no início, mas depois, ganhou tamanho e intensidade. Sem dúvida, alguém se aproximava, com uma tocha. Pelo menos, não foi pelas costas, de onde só poderia vir a perseguição, levariam muito tempo até perceberem que ele não tinha voltado e muito mais tempo para encontrar a rota de fuga, já que certamente não procurariam por ele em casa. De qualquer forma, os soldados teriam coisas mais importantes para cuidar. Enquanto pensassem que sua irmã estava na cidade, não suspeitariam de sua fuga.

A luz delineou a silhueta de um homem, avançando em sua direção. Não havia lugar para se esconder, então, o garoto nem pensou na opção, apenas diminuiu o ritmo e avançou, lentamente, na direção do que o destino lhe tivesse reservado.

—Algo me disse que eu deveria voltar para te buscar, —disse o escriba, quando estava perto o suficiente para falar sem ter que levantar muito a voz. O jovem suspirou de alívio e suas pernas quase cederam completamente devido à tensão.

—Alguém está te seguindo? —perguntou o outro, ao que o menino balançou a cabeça, —se você está aqui, imagino que, de alguma forma, tenha sido indenizado por todos os danos.

Desta vez, o menino assentiu.

—Bom, no fim das contas, El Mágico tem sido muito bom com você, garoto, um dia, você vai me contar.

—Eles resgataram meu pai? Sierkgaard perguntou. Para sua surpresa, sua voz denotava uma surpreendente calma. O cronista não ignorou isso.

—Sim, um grupo de amigos estava pensando em tirá-lo à custa de suas vidas, os guardas estavam confiantes demais para que o resgate não fosse bem-sucedido, — comentou o cronista. —Mas, coisas do El Mágico, os elfos atacaram de repente e os resgatadores só tiveram que aproveitar a confusão. Os verdadeiros paladinos são uma fraternidade. Não importa onde o destino nos leve, temos uma tatuagem que não desaparece, que nos liga a algo maior do que nossa individualidade.

Sierkgaard assentiu, entendendo que o escriba tinha se incluído na frase. Tinha certeza de que ele estava escondendo algumas coisas debaixo daquela capa suja. O cronista colocou um braço sobre os ombros do menino e, virando-se, começou a refazer o caminho pelo qual viera para guiá-lo até a saída.

—Eu tinha ouvido falar que os elfos tinham se entrincheirado na capital sitiada, como poderiam atacar o acampamento, então? —Sierkgaard enxugou o rosto com as costas da mão.

A dor em seus lábios começava a aparecer com força. O homem olhou para ele de soslaio, perguntando-se por quantas coisas aquele menino havia passado; embora, provavelmente seria uma injustiça chamá-lo assim de agora em diante.

—Acontece que os elfos têm muitos amigos por aqui e há quem não concorde com essas guerras de extermínio. Há poucos dias, alguém os avisou, com pombos-correio e eles tiveram tempo de preparar a sua estratégia. — Sierkgaard olhou para ele, surpreso e o estudioso sorriu, —O método tradicional sempre funciona, principalmente porque ninguém presta atenção no mensageiro.

Sierkgaard ergueu as sobrancelhas, pensando em uma certa conversa que ouvira atrás da porta. O escriba riu, como se adivinhasse os pensamentos dele e soubesse que estivera ali, o tempo todo.

—E agora, como tudo vai acabar?

—Eu realmente não tenho ideia. Os elfos, provavelmente, viverão um pouco mais, pelo menos, por um tempo. Mas o exército é grande e essa escaramuça não definirá a guerra. Escreverei grandes batalhas e exaltarei a coragem dos paladinos. Direi até que Manakin morreu no campo de batalha, lutando como um herói, derrotando cem inimigos. —O jovem deu um pulo e virou-se, abruptamente, para o escriba, com um olhar acusatório.

—Sim, meu amigo. Como já disse, permanecer na memória dos outros não é tarefa dos heróis, é função dos cronistas. Agora vamos, vai demorar alguns dias, mas, em breve, você poderá se reunir com sua família.

—Escriba... —o menino pareceu hesitar. —Posso pedir-lhe, quando tudo isso acabar, que me leve consigo para a Corte?

—Você ainda tem a maldita ideia de se tornar um paladino? —perguntou o homem, entre dentes.

—Não, nada disso! Talvez, um cronista. Sou bom em desenhar e escrever. Talvez, você até aprenda mais sobre a arte de curar. Mas, acima de tudo, quero que meu pai não tenha mais medo.

O historiador olhou para ele, de forma estranha, como se tentasse elucidar os pensamentos do menino. Mas o garoto olhava para frente, com a visão perdida de alguém sonhando acordado.

Talvez até fosse bom que o rapaz tivesse um objetivo, depois de tudo o que tinha acontecido com ele. Era um bom sinal.

—Bem, se esse for o seu desejo, posso ajudar você.

E Sierkgaard sorriu, com sua melhor expressão de gratidão inocente. Ele era jovem e, como tal, tinha muito tempo pela frente e um bom professor para aprender como sobreviver na Corte. Escalar como artista não deveria ser tão difícil, ele poderia até explorar seus conhecimentos de medicina. Tratava-se de se tornar essencial para uns, invisível para outros, sem ameaçar ninguém, como um artista, sim, e no final, ele derrubaria o circo todo.

Ele iria envenenar a todos eles.

ESTÓRIAS JUNTO AO FOGO

—Repita essa lorota e fatio o seu pescoço, velho embusteiro! —gritou a assassina, ficando em pé, com um pulo felino e mirando com a lâmina recurva de uma das suas facas na direção do velho bardo banguela, que respondeu à ameaça se escondendo atrás do seu zurrado alaúde.

A voz potente da jovem retumbou nas dunas do deserto, prateadas pela luz pálida da lua branca e da lua negra.

Os camelos da caravana levantaram as suas cabeças para olhar na direção do altercado. Os tripulantes do comboio, desde a fogueira vizinha, também observaram a situação. Se os passageiros matavam uns aos outros não era problemas deles, mas, sempre era possível encontrar alguma coisa de valor entre os despojos.

—Por que El Mágico teima em me botar sempre bem no meio de um bando de gente barulhenta? —lamentou-se o rânger, com uma voz grave e monótona; estava sentado, coberto, por completo, com a capa característica da sua profissão e tinha a metade do rosto escondido atrás uma máscara escura, mas, as duas cicatrizares que lhe rasgavam a testa, na direção do nariz, reforçavam seu ar perigoso. Sua aljava, cheia de flechas élficas e o arco composto, marcado por runas de artesãos anões, que descansava ao lado dele denotavam que ele era um aventureiro veterano e bem-sucedido. —Se você for destripar esse velho sapo faça-o duma vez, aliás, já estou de saco cheio da sua cantoria, mas, não faça tanto barulho.

O mercador, gordo e gelatinoso, sentado entre os seus dois guarda-costas, tremia, agarrando a sua bolsa de viagem junto da sua enorme pança. Até um segundo atrás, ele estava observando a jovem atlética, com um olhar lascivo, agora, estava prestes a urinar em suas finas calças de viagem. Nem mesmo a proximidade do bárbaro e do paladino, contratados para protegê-lo durante esta jornada, servia para lhe dar coragem e a briga nem com ele era.

O bardo, vendo que, apesar das ameaças, ainda tinha o couro intato, entoou, com uma voz que, possivelmente, tinha sido agradável, no passado:

—Eu canto somente as letras que os mestres do passado escreveram, não cabe a mim julgar se são verdade ou mentira.

—Mas, será insolente! —bramou a assassina, dando um passo na direção do velho.

—Por favor, mulher, —trovejou o bárbaro, apoiado em seu enorme machado de batalha, —não suje suas magníficas armas com o sangue deste velho bobo da corte. Não leve tão a sério as cantigas à beira da fogueira que, afinal, não passam de melodias inocentes para entreter os viajantes. Você concorda, peregrino? — continuou o guerreiro do Norte, agora, dirigindo-se ao sétimo passageiro da caravana, que estava sentado nas sombras, fora do alcance da luz direta do fogo, — aproxime-se da fogueira para aquecer-se e desfrutar melhor do recital.

—Agradeço sua gentileza e hospitalidade, primeiro, por me aceitar em sua caravana, depois que meu cavalo morreu durante a jornada, deixando-me a pé no deserto e agora, por compartilhar seu fogo, —disse a figura escura, com voz surda, —mas, receio que o cheiro forte da carga dos meus alforjes seja ofensivo demais para o nariz dos senhores, o processo de curtimento ainda não está completo.

—Recital é a ova de um esturjão dos lagos sagrados do Imperador! —disse a assassina irredutível, —Se a cantiga inocente estivesse cheia de mentiras sobre os grandes nomes de Northbar, você aceitaria isso sentado, senhor bárbaro?

A expressão bem-humorada desapareceu do rosto do guerreiro, como uma cortina de nuvens finas passa diante da lua branca, numa noite de vento. O bárbaro levantou-se, com uma velocidade surpreendente para um homem do tamanho e porte de um troll das montanhas. As tiras de couro que reforçavam o cabo do machado de batalha rangeram sob a força dos punhos que se fechavam sobre elas.

Uma mão vestida com uma luva de aço cromado caiu no ombro do nórdico.

—Por favor, queridos companheiros de viagem, vamos nos acalmar. —disse o paladino. Ele estava em pé ao lado do bárbaro, era um pouco mais baixo que seu colega, mas a armadura de placas completa, a enorme espada em seu cinto e o complexo emblema do grifo, esmagando o dragão em seu escudo, denotavam que ele era um membro de alta posição na Irmandade da Pedra, com maestria no uso do aço e da magia. Sua voz tinha o tom suave de um sacerdote, mas sua aparência inspirava o respeito de um guerreiro. —Deixemos o fio das nossas armas aos bandidos, malfeitores e hereges. Para nós, reservemos a paz e a tolerância.

Do cinto, tirou um cantil de platina, com a gravura, em esmalte dourado, de um unicórnio.

—Bebamos das bênçãos de El Mágico e esqueçamos as palavras inócuas proferidas sem intenção de ofender.

O paladino entregou a garrafa ao bárbaro, que, depois de bufar e encolher levemente os ombros, tomou um longo gole e a ofereceu à assassina. A jovem também deu de ombros e bebeu, passando o recipiente para o bardo, que engoliu uma porção generosa antes de oferecê-la ao mercador.

—Ah, o famoso hidromel dos paladinos, —declamou o gordo, antes de pegar o cantil.

Após a libação, ele passou o cantil ao rânger.

O homem descobriu o rosto, o suficiente para beber e, depois, cobriu-se novamente, com a máscara, fechou a garrafa e jogou-a no peregrino, que a pegou, no ar. Da escuridão, vieram os sons da tampa da garrafa e do líquido se movendo, então, o recipiente de platina voou na direção do paladino, que o capturou com uma mão.

Olhares gananciosos vieram da fogueira da tripulação, então, o paladino levou a bebida para aqueles homens, que elogiaram muito a oportunidade de beber o famoso elixir. Quando ele voltou para a fogueira, o recipiente estava vazio.

—Bem, —disse o paladino, sentando-se em seu lugar e olhando para a assassina que se instalara ao lado do rânger, —vamos ouvir essa música sem ficarmos exaltados ou ofendidos, vamos tomá-la pelo que ela é, uma estória junto ao fogo. Por favor, bardo, nos delicie com sua arte.

O velho dedilhou as cordas do alaúde e começou a declamar.

—Oh, Menestrel Imortal, inspire este bardo a contar com arte e fidelidade a história de Melil, a maior assassina a serviço do Imperador, que por amores proibidos perdeu o juízo, a graça de seu senhor e, no final, ela mesma se perdeu.

A assassina bufou como um touro lutador, mas o grunhido sombrio do rânger a ofuscou.

—A serviço do Imperador, —continuou o bardo, — Melil distribuía a justa morte por meio de aços rápidos que cortam, cordas flexíveis que estrangulam, empurrões propícios que defenestram ou venenos pérfidos, que matam. Reconhecida por seus pares e por seu mestre ela era. Devido à sua habilidade incomparável, ela foi enviada para a missão mais difícil: espionar o palácio do primo do nosso Imperador, o único mortal em Aurória com direito legítimo de ascender ao trono imperial, na ausência do nosso amado monarca ou de um herdeiro que os desígnios de El Mágico ainda não permitiram que nascesse.

"Usando o disfarce da profissão mais nobre deste mundo, a traiçoeira mulher entrou na corte do Duque como uma inofensiva menestrel e, durante dois anos, cumpriu fielmente o seu papel de ser os olhos e ouvidos do Imperador no palácio do seu primo."

—*A serviço do Imperador,* —*continuou o bardo,* —*Melil distribuía a justa morte por meio de aços rápidos que cortam, cordas flexíveis que estrangulam, empurrões propícios que defenestram ou venenos pérfidos, que matam.*

"Ah, mas a beleza e o carisma do belo nobre corroeram o julgamento da endurecida fêmea, expondo a fraqueza inerente ao sexo frágil e a paixão enraizou-se no coração de Melil, que, esquecendo seus votos, gerou um filho do duque."

"Não se sabe por quais meios as informações sobre a real natureza e missão da sua amada grávida chegaram aos ouvidos do nobre primo imperial, sabe-se apenas que, cego de fúria, ele trancou a traidora na masmorra, até o momento de dar à luz a sua prole, ficando com a criança e vendendo a mãe para uma caravana de traficantes de escravos. Assim, coberta de desonra e carregando as algemas da escravidão, aquela que havia sido a maior assassina do império, caminhou pelas areias deste mesmo deserto, em direção aos mercados de escravos na costa do Mar Rubro. Parecia que o fim de sua vida estaria entre os ferros da servidão, mas o Destino ainda sacudia o copo com os dados de Melil".

"Uma noite, quando a lua branca e a lua negra pareciam banhar o deserto com suas luzes tingidas de sangue, os camelos da caravana que conduzia Melil se assustaram com um som estranho, que explodiu ao bater da meia-noite. Durante a busca pelos animais, os homens encontraram uma cena macabra: no centro de um círculo de areia queimada até virar vidro estava um bebê humano, recém-nascido."

"O que assustou os endurecidos traficantes de escravos não foi o cheiro intenso de enxofre ou os círculos mágicos cheios de símbolos estranhos gravados nas mãozinhas e nos pezinhos do bebê; o que fez o grupo recuar, agarrando-se aos seus amuletos e rezando pela proteção das suas respectivas divindades, foram os olhos abertos da criatura, cujas íris brilhavam na noite com uma cor amarela intensa."

"Procurando pelas bestas perdidas, os homens tinham encontrado um *knakos*, um daqueles nascidos com o toque dos dragões primordiais, extintos pelo divino Árkon em eras arcaicas."

"Muitos dos traficantes do grupo teriam preferido deixar a criatura no lugar em que a encontraram, com medo de que lhes trouxesse azar, mas, a ambição falou mais alto, o líder da caravana achou que vender o bebê aos feiticeiros do outro lado do deserto renderia um bom dinheiro."

"Aproveitando que os seios de Melil estavam produzindo leite, deram-lhe a criança para amamentar. Porém, o medo dos traficantes de escravos provou-se fundamentado: três dias depois de encontrar a criatura, a caravana foi atacada à meia-noite por terríveis inimigos, que massacraram, indiscriminadamente, bestas, homens, mulheres e crianças."

"Até hoje, não se sabe ao certo quem foram os agressores, alguns dizem que eram bandidos das arelas, outros dizem que eram demônios infernais, há até rumores de que foi uma verdadeira Calamidade, uma das criaturas geradas por A Escuridão e que são liberadas em nosso mundo para atormentar os mortais. O que se sabe é que, apesar da ferocidade do ataque, aquela que já havia sido a principal assassina imperial fez uso de suas incríveis habilidades e aproveitou o tumulto para escapar do massacre com seu novo filho adotivo."

"Durante três dias, ela caminhou pelas areias escaldantes, cuidando do bebê como se fosse carne da sua carne. Quando ela estava prestes a desabar, foi encontrada por um viajante solitário que a resgatou e cuidou dos dois."

"O viajante não era outro senão Evendur, um acadêmico desacreditado, que foi forçado a fugir de Univérsia porque suas pesquisas e experimentos foram considerados heréticos e ele foi condenado ao Martírio. Durante a difícil jornada pelo deserto, o amor renasceu em Melil. Amor por aquela criatura indefesa e amor por aquele homem que demonstrou sua bondade e compreensão. Eles chamaram o pequeno de Akros e os três formaram uma família. Uma família condenada à perseguição e à clandestinidade."

"Melil e a sua família passaram os anos seguintes viajando de cidade em cidade. Evendur aplicou um feitiço de alteração de aparência ao menino para esconder a cor ameaçadora dos olhos e as marcas misteriosas esculpidas nas costas das mãos e dos pés, que pareciam aumentar de tamanho, acompanhando o crescimento do menino. Quando sua esposa perguntou ao acadêmico sobre a origem e natureza daquelas marcas, Evendur confessou que, apesar de seus estudos e conhecimentos, não havia conseguido decifrar os signos mágicos.

"—Talvez quando a criança crescer, os sinais se tornem mais legíveis. A única coisa que posso dizer é que alguns caracteres parecem pertencer à caligrafia original da língua primordial, na qual se diz que o Livro da Iluminação e o Livro da Abominação foram escritos—foi o que ele conseguiu dizer sobre o assunto."

"Por um tempo, a sorte sorriu para a família fugitiva. Cada pai educou o pequeno Akros nas artes das quais era mestre. Assim, aos doze anos, a criatura encontrada no deserto era conhecedora das letras vulgares e eruditas; de encantamentos e feitiços, principalmente os de alteração de aparência; bem como era um excelente acrobata; usuário de armas de lâmina curta ou longa e excelente conhecedor de venenos e antídotos."

"Mas, mais cedo ou mais tarde, o Destino para de sacudir o copo e joga os dados na mesa. E os dados de Melil caíram na mesa quando Akros tinha quinze anos."

"A família estava numa cidade portuária, na qual tinha alugado uma pequena casa e completava a quantia necessária para pagar a viagem de barco até o Oeste. Certa tarde, o jovem chegou em casa, muito entusiasmado: tinha ouvido uma conversa numa taberna que lhe despertou a curiosidade. Naquela cidade vivia um poderoso feiticeiro, estudioso das artes ocultas. Rumores diziam que o feiticeiro tinha adquirido recentemente um grimório muito especial, uma cópia original do Esr, o Livro do Sangue, um dos tomos infames do Heptateuco Obscuro, copiado diretamente do Livro da Abominação."

O bardo fez uma pausa para verificar se tinha o interesse do público. Exceto o peregrino, cujo rosto era impossível de distinguir na escuridão e o mercador, que depois de ouvir a parte do Heptateuco Escuro mexia-se desconfortavelmente em seu assento, como se suas calças estivessem cheias de formigas, o resto do público o observou, atentamente. Da fogueira vizinha vieram apenas rumores indistintos. O velho fingiu tosse para indicar que sua garganta estava seca, mas ninguém lhe ofereceu bebida. Um pouco desapontado, ele retomou sua declamação.

—O jovem Akros estava convencido de que dar uma olhada no tenebroso livro esclareceria sua origem e ele queria fazer uma visita noturna ao laboratório do feiticeiro. Ele até subornou um funcionário da prefeitura para obter a planta da casa em que o feiticeiro estava hospedado."

"Melil e Evendur discutiram com o filho sobre o perigo de simplesmente cruzar o caminho de um feiticeiro e tentaram fazer o adolescente entender que invadir o covil de um feiticeiro poderoso era praticamente suicídio. Durante horas, jogaram toneladas de palavras e motivos nos ouvidos do menino até que ele se levantou da mesa, deu um beijo carinhoso na mãe e um abraço respeitoso no pai e subiu as escadas para seu quarto. Pouco depois, o casal foi dormir, mas não antes de verificar se os feitiços e armadilhas do alarme estavam ativos e instalados e se o teimoso filho adotivo dormia, pacificamente, em seu quarto."

"Um estrondo interrompeu o sono leve da Melil. A ex-assassina pulou da cama, com uma faca em cada mão, antes mesmo de o marido acordar totalmente e foi, furtivamente, investigar a causa do barulho. Era a madrugada de uma noite escura e sem lua. Ao pé da escada, encontrou seu filho, caído, sangrando muito pelas mãos e pelos pés. As marcas antigas estavam abertas em cortes profundos dos quais fluía, abundantemente, o líquido vital."

"Perto do menino, no chão de tábuas, havia um tomo grosso com capas de obsidiana e rubi. A escuridão parecia girar em torno do livro."

"Evendur veio correndo, rasgando o pijama para fazer bandagens improvisadas para estancar o sangramento do filho. Durante minutos, os dois pais, desesperados, usaram todas as suas artes para tentar estabilizar a situação do jovem Akros. Não obtiveram muito sucesso nesta empreitada, as feridas pareciam ser de origem mágica e o sangramento não diminuía com nenhum encanto ou poção."

"Finalmente, após um sofisticado encantamento de cura que deixou Evendur completamente exausto, o menino abriu os olhos."

"—Pai, mãe, —sussurrou o jovem, —me desculpem, mas não pude evitar. Quando vocês adormeceram, saí secretamente do meu quarto e entrei furtivamente no laboratório do feiticeiro. Consegui me infiltrar sem disparar nenhum alarme ou cair em nenhuma das inúmeras armadilhas. O local estava bem abastecido de artefatos mágicos e livros, do tipo que a simples menção do nome pode garantir uma passagem direta para o Martírio, —Akros tentou um sorriso que, rapidamente, desapareceu. —Em um pedestal proeminente, aberto em um púlpito, estava o Esr, o Livro do Sangue. Os símbolos escritos nele brilhavam, como chamas avermelhadas, as próprias páginas pareciam queimar sem serem consumidas. Reconheci os caracteres na escrita do livro, eles pertencem ao mesmo sistema de escrita dos sigilos gravados em minha pele."

"—Ao me aproximar do pedestal, senti uma pontada de dor nas solas dos pés e nas costas das mãos. De repente, me vi flutuando no ar sem conseguir me mover. Eu tinha caído em uma armadilha."

"—Ouvi uma risada desagradável, —continuou o menino —e, movido por uma força além do meu controle, girei até ficar de frente para o feiticeiro, que me olhava com uma expressão macabra."

"—Finalmente, recebi a mercadoria que paguei há quinze anos —disse o bruxo e bebeu, com alegria, da taça de vinho que tinha na mão —agora é ainda melhor, porque você cresceu bastante, e terei muito mais material para minhas pesquisas e projetos. —O velho tomou outro gole da taça. —Foi um verdadeiro golpe de sorte que Nefar, meu inútil aprendiz, tenha reconhecido seu antigo mestre em Univérsia, o "pai" de você, Evendur, o excomungado, caminhando alegremente pelo mercado de mãos dadas com a traidora Melil e veio até mim com a fofoca. Assim, com um pequeno feitiço de alteração corporal, foi fácil plantar a informação necessária para trazer você até aqui esta noite. —Outra risada e mais um gole, —neste momento, meu inútil aprendiz está delatando seus pais na guarnição da guarda imperial. Com as recompensas pelas cabeças de seus pais traidores, conseguirei uma fortuna suficiente para comprar o Ostis, O Livro dos Ossos — o feiticeiro ia rir de novo, mas, em vez disso, curvou-se violentamente para a frente. Um vômito de sangue escuro jorrou da boca do velho."

"—Não pode ser! —gritou o bruxo, olhando o conteúdo da taça e jogando o recipiente no chão. —Aquela ratazana do meu aprendiz..."

"Os joelhos do velho dobraram e o bruxo caiu, pesadamente. Ele vomitou novamente."

"—Esse Nefar, maldito bastardo, me envenenou—. O feiticeiro começou a convulsionar entre os estertores da morte."

"—Minha própria receita de belenho negro, impossível de detectar e capaz de superar todos os seus feitiços antiveneno, —disse alguém, entrando por uma porta secreta e caminhando até o feiticeiro moribundo, —não se preocupe, amado mestre, —disse ele, chutando com desprezo o rosto do velho caído, —continuarei seu trabalho."

"—No momento em que o feiticeiro deu seu último suspiro, a força da armadilha em que eu estava preso oscilou um pouco, —continuou contando o jovem Akros, —então, com uma das palavras propícias que papai me ensinou, consegui me libertar da armadilha e, antes que Nefar pudesse reagir, lancei uma das bombas de fumaça que aprendi a fazer com a mamãe e aproveitei a cortina de fumaça para fugir, trazendo o grimório comigo. —O menino sorriu e desmaiou novamente. Ele estava ficando cada vez mais pálido."

"—Temos que levá-lo ao curandeiro que mora na periferia da cidade, —falou Evendur para uma desesperada Melil. De repente, os alarmes dispararam e a rua em que ficava a casa se encheu de barulho de botas e aços."

"—Por ordem do nosso divino Imperador, ordeno que a traidora Melil e o herege Evendur se rendam, imediatamente, às mãos da Sagrada Irmandade da Verdade, —ressoou uma voz jovem, mas firme. Melil espiou pela janela e ficou paralisada. Frente a casa, aproximadamente vinte soldados imperiais ocupavam a rua. Montado num corcel de guerra e vestindo a armadura negra dos questores, estava um jovem de cerca de quinze anos. À luz das tochas, sob os cabelos escuros e cacheados da aristocracia imperial, a ex-assassina reconheceu seus próprios traços no rosto do jovem. Esse era, sem dúvida, o filho que ela e o duque tiveram."

"Mais alarmes avisando que o beco nos fundos da casa já tinha sido invadido por soldados. A rota de fuga também estava bloqueada."

"—Estamos cercados, —disse Evendur, com desespero na voz, enquanto levantava Akros do chão, —temos que encontrar uma saída."

"As sacudidas acordaram o menino. Os olhos amarelos de Akros brilharam na escuridão da casa.

"—Pai, mãe, tenho uma ideia de como sair daqui, —falou, suavemente, o *knakos*."

"Na rua, o jovem questor desembainhou a espada e ordenou às tropas que atacassem a casa sitiada. Quando os soldados começaram a correr com as armas em punho, o prédio explodiu em uma coluna de chamas vermelhas, fazendo com que os homens retrocedessem."

"O fogo se espalhou por toda a cidade e durou um dia e meio antes que as chamas fossem completamente controladas. No local em que ficava a casa dos fugitivos, encontraram apenas cinzas e um estranho círculo mágico, desenhado com sangue enegrecido. Finalmente, o destino contou os pontos nos dados de Melil. Assim termina a história de Melil, a que já foi a maior assassina do Império."

O bardo tirou alguns acordes tristes do alaúde e olhou para sua plateia. Os olhos do bárbaro estavam úmidos de emoção, as expressões dos demais variavam entre a indiferença e a consternação. Sons estranhamente abafados vinham da fogueira vizinha.

—É uma história e tanto, velho bardo, —comentou o bárbaro, —triste e comovente. O que não entendi é como o feiticeiro pensava que poderia comprar grimórios amaldiçoados com dinheiro, nem que isso fosse uma mercadoria comercializada livremente em Aurória.

O mercador estremeceu em seu assento, como se tivesse sido picado por uma vespa.

—Para um mercenário, você é muito ingênuo, senhor bárbaro, —chegou da penumbra. —Há pessoas que, por uma quantia suficientemente grande, são capazes de vender para A Escuridão as chaves que abrem as portas para este mundo. Não é verdade, senhor mercador?

Naquele mesmo momento, um grito de dor agonizante veio da fogueira vizinha. Um dos tripulantes da caravana, segurando a barriga com as duas mãos, deu alguns passos cambaleantes na direção da fogueira dos passageiros e caiu, de cara, na areia. Quando os viajantes olharam na direção do homem caído, o velho bardo também gemeu e caiu para frente.

—Socorro! —gritou o mercador, com voz estridente e lançou-se numa corrida histérica em direção ao deserto. Ele correu, apertando a bolsa de viagem com força contra o peito tetudo. O rânger sacudiu a capa que o envolvia. As hastes de uma sofisticada besta de braço se desdobraram com um som vibrante. Um dardo saiu da engenhoca e ficou preso na nuca grossa do mercador em fuga. O gordo deu mais dois passos e caiu, exatamente aonde a luz da fogueira perdia força.

O rânger teve que fazer uma pirueta para evitar o golpe de machado lançado pelo bárbaro. A lâmina rasgou o manto do rânger e atingiu a aljava, destruindo as flechas élficas e fazendo o arco saltar, como um ressorte, para a escuridão.

Antes que o guerreiro nórdico conseguisse erguer novamente o machado, a assassina, movendo-se com velocidade e agilidade quase sobrenaturais, pulou no cabo da arma e, dando uma cambalhota, subiu nas costas do bárbaro e cravou dois objetos de metal, de cada lado do pescoço do homem. Com uma sacudida violenta, o nórdico jogou a jovem por cima do ombro. A assassina rolou, graciosamente, pela areia e se levantou, com um único movimento.

Por um momento, os três oponentes olharam-se, mas, imediatamente caíram no chão arenoso. À luz das fogueiras, apenas o paladino permaneceu de pé, com o escudo pendurado nas costas e as mãos apoiadas no punho da espada.

—Então, só sobrou você, peregrino, —disse o paladino, calmamente, —parece que, no final das contas, você não quis aproveitar nossa hospitalidade e beber do meu cantil.

—Se eu tivesse aproveitado a sua hospitalidade, —respondeu a figura nas sombras, levantando-se e pegando os alforjes do chão, —estaria agora na terra, envenenado como estes pobres diabos.

—Ora, ora, —disse o paladino, agora, em tom zombeteiro, —temos um peregrino sagaz.

E, sem qualquer aviso, estendeu o braço direito em direção ao homem na escuridão e gritou:

—*Ecnis!*

Uma bola de fogo foi projetada da mão do paladino e voou na direção do peregrino, que se esquivou, saltando para o lado. O paladino repetiu o feitiço três vezes e o peregrino esquivou-se com piruetas habilidosas, saltando sempre na direção das costas do paladino e ficando fora da luz intensa das fogueiras. O atacante interrompeu o lançamento da quarta bola de fogo porque o alvo estava na linha dos camelos, a última coisa que queria era fazer o resto da jornada a pé pelo deserto escaldante.

—Quanto tempo você pretende pular, gafanhoto? —o paladino provocou, zombeteiramente.

—Queria verificar se a informação que tinha sobre você era verdadeira, —disse o peregrino, caminhando em direção ao espaço entre as duas fogueiras e mostrando-se à luz. Sua figura alta e magra estava coberta por uma capa preta com capuz e carregava nos ombros alforjes de couro preto.

—Ah sim? —disse o paladino, caminhando alguns passos para sua direita. —E que informação é essa?

—Que você é um envenenador covarde que assassinou traiçoeiramente um paladino da Irmandade da Pedra e usurpou seu lugar nesta jornada usando feitiços de modificação corporal. Você pode imitar a aparência de outra pessoa, mas não pode copiar seus poderes, então você é incapaz de usar as verdadeiras magias de um paladino e fica limitado apenas à piromancia.

—Então nosso gafanhoto foi enviado para me deter. Você é um caçador de recompensas? —o falso paladino manteve seu tom provocativo e zombeteiro. De repente, ele gritou:

—*Ecnis!*

A figura encapuzada se agachou no momento em que a bola de fogo passou por cima dele, desaparecendo no deserto. Colocando as duas mãos no chão, o homem encapuzado sussurrou a palavra propícia:

—*Ánimus!*

A tripulação da caravana levantou-se do chão com movimentos estranhamente articulados. Em seus olhos mortos brilhava a chama da magia de reanimação. Eles formaram duas linhas entre os combatentes.

—A Irmandade me enviou para recuperar as armas sagradas que você roubou do irmão caído e para livrar o mundo de um verme imundo como você.

—Quem imaginaria que aqueles puritanos da Irmandade da Pedra iriam contratar os serviços de um necromante? —disse o piromante. —Você não está pensando que eu não sei lidar com alguns zumbis, não é?

E, saltando para a direita, gritou:

—*Pawr!*

De seus braços, saíram duas torrentes de fogo laranja, que engolfaram as fileiras de corpos reanimados em um inferno de chamas que arrancou a carne dos ossos e espalhou os esqueletos pela areia. Os camelos olhavam para a destruição enquanto ruminavam, indiferentes.

—Obrigado por limpar os ossos, —disse o necromante, maliciosamente, esvaziando o conteúdo de seus alforjes no chão. Seis caveiras brancas rolaram pela areia.

— *Ánima ostis!* —declamou.

Os restos enegrecidos dos tripulantes voaram em direção aos crânios. Num instante, seis esqueletos completos armados com escudos e espadas de osso avançaram em formação cerrada contra o piromante, imunes às chamas e bolas de fogo que choviam sobre eles, levantando uma grossa fumaça negra. O falso paladino recuou, lançando seus feitiços, mas os guerreiros esqueletos rapidamente se aproximaram dele, erguendo suas espadas de osso.

A figura encapuzada caminhou lentamente através da nuvem de fumaça.

—A Sacra Irmandade da Verdade não precisa ser contratada, —disse ele, com sua voz abafada, —ela envia seus cervos para resolver discretamente os problemas embaraçosos das outras Irmandades do Império. E você, verme imundo, é um problema que já deveria ter sido resolvido há muito tempo.

De repente, o questor deteve seus passos. Curvou-se de dor, apertando o estômago, e caiu de joelhos. Arrancou a máscara que cobria seu rosto e vomitou uma substância negra. O rosto sob o cabelo escuro e cacheado estava roxo. Os esqueletos se desintegraram em pilhas de ossos inertes.

—Aparentemente, o sacro questor esqueceu que, além de piromante, também sou envenenador, —o falso paladino riu, —a fumaça das minhas chamas também é venenosa. Minha própria versão do belenho negro, capaz de superar todos os feitiços antiveneno, —ele se vangloriou enquanto caminhava, com passos lentos, em direção ao questor, caído. —Agora que o último obstáculo está no chão, vou pegar o exemplar do Ostis que aquela montanha de banha carrega e vou picar as mulas deste piolhento continente e do seu piolhento Império. Mas, primeiro, querido gafanhoto, vou esmagá-lo como o inseto que você é.

O falso paladino encheu os pulmões para proferir a palavra propícia, mas, na hora de falar, sua garganta não funcionou. Ele tentou se mexer, mas seu corpo permaneceu imóvel. Começou a se elevar do chão e flutuar no ar.

—Desculpe, Nefar, mas não posso deixar você matar um questor, isso traz azar e a incômoda atenção da Irmandade da Verdade para negócios que devem ser mantidos sob o manto da discrição, —soou a voz do velho bardo. —Aliás, alguém pode fornecer o antídoto para o irmão moribundo aqui?

A assassina caminhou, com seu passo gracioso em direção ao questor caído e aplicou-lhe, no pescoço, um objeto metálico, igual aos que ela tinha usado no bárbaro. Era uma espécie de seringa hipodérmica com cápsula protetora.

O rânger aproximou-se do grupo, carregando a bolsa de viagem do mercador em uma das mãos e um pergaminho fumegante na outra.

—Esse verme imundo sabe compor venenos terríveis, —disse o rânger com sua voz monótona e completou dirigindo-se ao bardo que, com os braços levantados, mantinha o feitiço paralisante. —Se não fosse pelo seu antídoto, até eu teria tido problemas com esta substância infernal.

—Estou com câimbras até agora, —disse a assassina, tirando de baixo da blusa um pergaminho igual ao do rânger. O dela também fumegava, —e se não fossem esses pergaminhos de identificação, não teríamos sabido a tempo qual antídoto usar.

—Alguém pode, por favor, segurar nosso prisioneiro aqui para que eu possa desfazer o feitiço paralisante e dar uma olhada em nosso prêmio? —pediu o bardo.

Sem qualquer cerimônia, o ranger atirou no falso paladino, com sua besta de braço. O dardo atingiu, com precisão, a jugular do prisioneiro. O bardo baixou as mãos, desfazendo o feitiço e o falso paladino caiu, pesadamente, no chão. Incapaz de manter o feitiço de transformação corporal por causa da droga no dardo, Nefar voltou ao seu tamanho e aparência normais.

—Como? —o homenzinho conseguiu dizer, de dentro da armadura que era ridiculamente grande para ele.

—Você teve tempo suficiente para estudar o Esr, o Livro de Sangue, —respondeu o bardo que havia desfeito seu próprio feitiço de modificação de aparência e já estava se transformando em um homem jovem e bonito, —mas, digamos assim, —a voz desagradável mudou para uma voz jovem e melodiosa, —para extrair toda a essência desses grimórios é preciso ter os olhos certos.

Como última etapa da transformação, os olhos do jovem brilharam com uma cor amarela intensa.

O bardo ia dizer mais alguma coisa, mas o forte murro com que a assassina o atingiu interrompeu suas palavras, fazendo-o perder o equilíbrio.

—Já falei mil vezes para você, —gritou a jovem, —quando você contar novamente a história da nossa mãe com palavras tão depreciativas, vou arrancar suas tripas! Esteja avisado, Akros.

—Não seja tão extremista, Slith, —Akros respondeu com uma voz chorosa, —foi preciso temperar bem a história para tentar descobrir quem era o impostor.

—Vocês poderiam, por favor, parar de fazer tanto barulho e dar uma olhada neste treco, —disse o rânger, segurando a bolsa de viagem do comerciante, —é pesado.

A expressão de Akros ficou séria quando ele sacou o grimório de dentro da bolsa e retirou cuidadosamente os panos que envolviam o tomo com tampas de obsidiana e madrepérola. Ele pegou uma pequena chave de azeviche e abriu a fechadura do livro. As páginas eram pretas com caracteres brancos brilhantes.

—Que os peitos deformados de A Escuridão derramem em mim seu leite azedo! —praguejou o *knakos*, —Esta é uma cópia falsa, não é o original, não nos serve de nada. Perdemos nosso tempo por nada, —disse ele, caindo de joelhos na areia, de cabeça baixa.

Sua irmã colocou carinhosamente a mão em seu ombro. Olhando para o prisioneiro paralisado e para o questor que lentamente começava a mover-se novamente e recuperava a cor do rosto, a mulher disse:

—Não foi totalmente à toa, foi?

O amanhecer estava começando a surgir nas dunas. O questor já estava montado em um dos camelos, pronto para continuar sua jornada. Bem amarrados como carga nos demais camelos e devidamente sedados, estavam o comerciante com sua cópia falsa do Ostis na bolsa de viagem; Nefar, com as mãos presas em pesadas algemas mágicas e já despido da armadura de paladino e o bárbaro e seu machado de guerra.

—Eu deveria ficar com o machado deste bruto, como ressarcimento pela perda do meu arco e flechas — resmungou o rânger, enquanto subia em seu camelo.

—Já lhe disseram que seria melhor se você parasse de reclamar por tudo? —a assassina lhe disse, do alto de sua própria montaria.

—Vamos andando, —disse Akros, que mais uma vez tinha assumido a aparência de um velho bardo, —quero chegar aos oásis do Ocidente antes do sol se pôr. Tenho uma pista do paradeiro de outro grimório do Heptateuco Obscuro.

Estalando a língua repetidamente, Akros fez o camelo começar a andar.

Seus companheiros o seguiram. Não tinham avançado muitos passos quando o questor gritou, com sua voz abafada:

—Quando vejam a mamãe, deem um beijo nela por mim e lhe digam que sinto muita falta dela.

Sem olhar para trás, Akros e Slith levantaram o braço direito, em sinal de despedida e concordância.

EPÍLOGO

O sol se aproxima do horizonte e o frio começa a atormentar meus velhos ossos. É melhor eu começar a guardar o papel e a caneta agora, antes que a escuridão me impeça de fazê-lo. Mas não se preocupe, caro leitor, muitas histórias ainda estão no tinteiro. Queira El Mágico que este humilde servo possa expressá-las em palavras, antes que chegue a hora final.

Este livro faz parte do projeto *Silex Draconis*, que se dedica à produção e promoção de material de Fantasia, Ficção Científica e Horror/Terror. Aqui, você encontrará histórias divertidas que transportam o leitor para mundos distantes da rotina.

Você pode nos seguir em nossas redes sociais:

 Silex Draconis 

www.facebook.com/profile.php?id=100092486635754&mibextid=ZbWKwL

 @silexdraconis 

www.instagram.com/silexdraconis

 @SilexDraconis 

www.youtube.com/@SilexDraconis

Mais publicações do projeto *Sílex Draconis*:

O Jardim dos Ossos Negros.